再潛一支氣瓶就好

栗光——文字・攝影

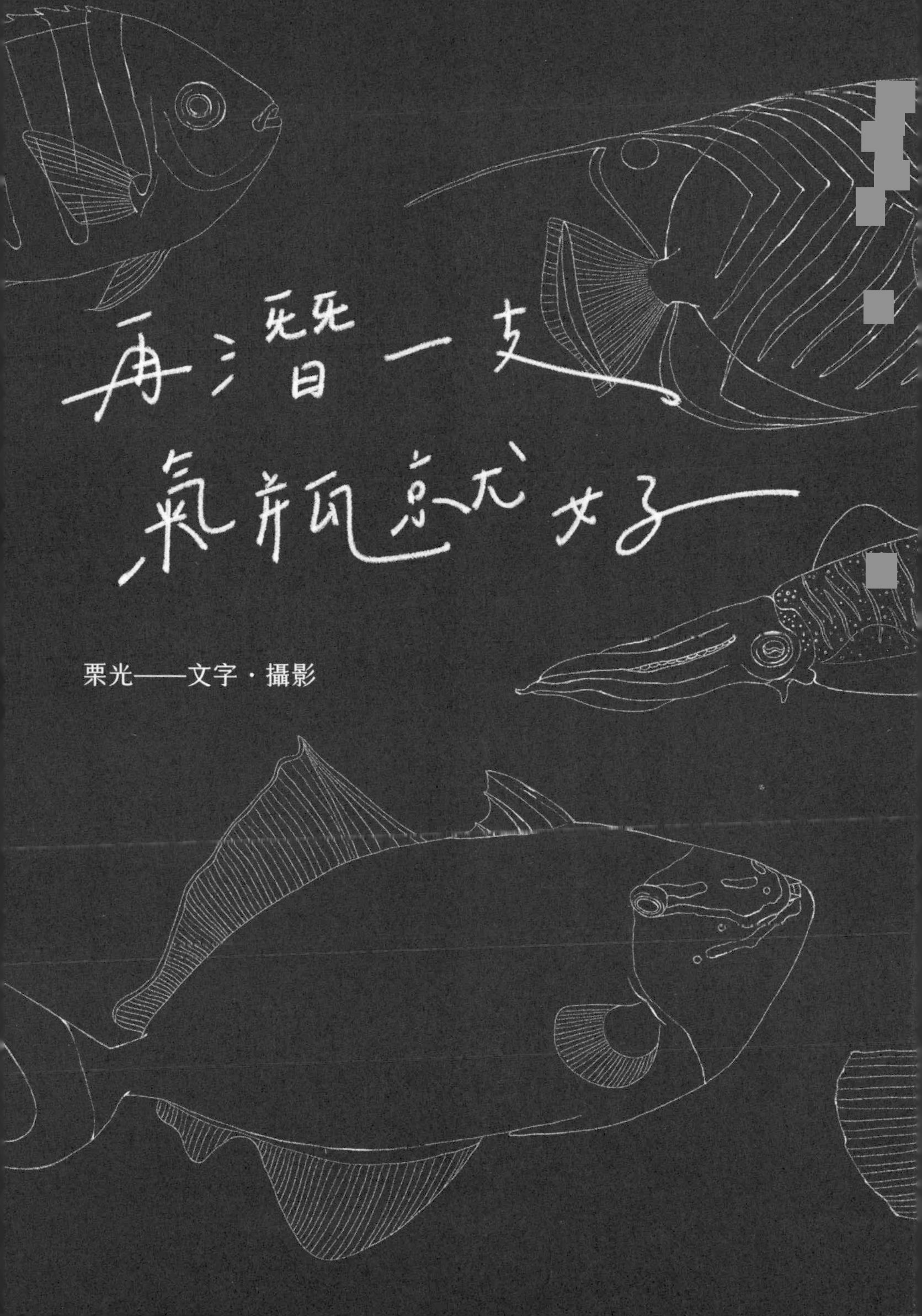

推薦序

背著隱形氣瓶的呼吸與練習

國立東華大學華文系教授　黃宗潔

那是二〇一〇年的三月，我收到一封名為「課程之外的問題」的信，來信的學生署名「譚立安」。她在吳明益老師的課堂上完成了一份以松鼠為主題的壯遊企畫書，在進一步思考執行方式時，卻遇到難解的困惑。我對「譚立安」這名字是有印象的，但其實我們在課堂外並沒有交集。然而那封信立刻打動了我，因為她說：「我希望自己在生命之前可以更謹慎一點。」沒有強調自己多喜歡動物或多想幫助動物，而是誠惶誠恐地斟酌拿捏著敘事的分寸，希望透過自己微不足道的力量，讓更多人去認識松鼠這群城市中的精靈。這份對生命與文字的謹慎態度，在畢業之後延續到職場與寫作中，累積成如今我們看到的栗光。

栗光是誠實的。她寫海，但不強調自己迷戀海。她寫潛水，但不誇大自己如何熱愛這項運動。廖鴻基曾經說，「為著魚是生活，為著海是心情」，若把這句話代換到栗光身上，她的版本顯然是，「為著魚是心情，為著海的部分……還是因為魚」。她說：「我想我並不真的喜歡潛水，我只是喜歡海洋生物。」但她把這份「喜歡」，切切實實地轉化為生活的實踐和反思，就不是人人能做到的。

栗光細膩的心思，在前作《潛水時不要講話》已俯拾即是。她在下潛的過程中，以每一支氣瓶換取一個新課題：學習何時該放棄；學習信任與錯過；體會動物有時並不願意「交出牠們的眼睛」給鏡頭，或有時僅僅是因為，自己有一對太過遲鈍的眼睛……她在水底學習和魚在同一介質中呼吸，重新拿捏人與海、人與魚的距離。《再潛一支氣瓶就好》延續著這些有關潛水體驗與海洋生物的主題，卻又比前作潛得更深。

書中有關海的篇章，都能看出隨著浸潤在海洋的時日愈久，她的種種反思也愈趨細緻。她不再如同剛開始潛水時，執著於立刻尋求解答，總是急著將拍到的生物按圖索驥、上網求解，務求能一一指認牠們的名字。相反地，她丟出更多問題，並且容許這些問題沉澱在心裡。當她被宛如銀龍的白帶魚震懾，她自覺未來在餐桌上遇到白帶魚時，眼光必然不同；她也反省每一次的踩踏，都是對海洋生物的擾動，自己如何與為何能擁有這樣「蠻橫的力量」去介入海洋？我尤其喜歡她在〈跑掉的顏色〉一篇中的思索，在水下攝影課試圖將照片調整成「更接近珊瑚的顏色」時，她納悶著到底哪個版本才更接近「真實」？是在海中受限於自己的生理構造所感受到的顏色，還是上岸後用各種設備「補回來」的顏色？一如水滴魚之所以被形容為「如同鼻涕般醜陋」，是因為被撈捕上岸的牠，處在非日常的深度，但若我們能潛抵水滴魚的深度，「水滴魚看起來就是水滴魚」。我們用影像所留住的，永遠不會是海洋真正的顏色，而是用自己有限的視野，去想像出的「更接近海的顏色」。

栗光對海的顏色的思考，讓我想起約翰・葛林（John Green）在《人類事評論》中，對人們為了保護真正的拉斯科洞穴藝術而仿造的洞穴壁畫之評論。他說，「你會知道，這些畫作不是原物本身，而是影子。這是手印，但不是手。這是你無法重返的回憶。對我而言，這使得這座洞穴更像它所代表的過去。」某程度上，每一張海洋照片也都只是海洋的仿作與影子，是無法重返與重現的回憶。每一次的「截圖」聚焦，都只是更加揭示出圖象背後的無窮與深邃。探究海，是一場以有涯追無涯的，不會有終點的旅程。於是每一次的潛水，也都召喚著下一次的，「再潛一支氣瓶就好」。

而除了魚與海，這一次，栗光更順著洋流潛回自己的生命經驗，挖掘那擱淺在深處的記憶化石。某程度上來說，《再潛一支氣瓶就好》中這些「陸地上」的篇章，反而更能看出潛水或說海洋經驗對於栗光的影響。如同她在〈代序〉

中回顧的，「把在陸地長成的身體帶到海裡」，才恍然當初對諮商師一句「敏感」的評語耿耿於懷的自己，確實是敏感的。但此刻，「敏感」對她而言不再是一個隱微帶有貶義的平板形容，而是一次又一次「再多發現一點」的過程。她發現過去如何將自己裹在有如「鸚哥魚夜寢的黏液繭」裡，拒絕愛、拒絕被幫助。海洋某程度上，逼她把自己交出來，繼而將這些一瓶瓶氣瓶換來的經驗帶回岸上，背著隱形的氣瓶，在日常生活中，呼吸練習。

於是，在編輯台上，她反思過去對投稿者的嚴苛要求，「人家就是寫了抒發，我強授蛙踢一百式，不就只是讓人家連踢都不想踢了呢？」；在面對無理又無禮的投稿電話時，她以鹽酸（刷洗化石）安頓身心；更重要的是，她開始謹慎下潛，宛如試探耳壓般地試探心理壓力可及的深度，碰觸父親與父親離開的記憶，讓收拾舊居揚起的灰塵宛如海底揚沙，去接納記憶也可能因塵沙的飛揚而顯得益發模糊混亂，但也唯有經歷這樣的過程，來路方能在「模糊之後，又清晰起來」。這是海洋的贈禮，而栗光並不將其視為理所當然。她說，「多情的人潛水，攪動了海，將以心償還」，這本書，無疑是她償還給海的回報。

代序

兩種不說話的時光

「我注意到妳是一個很敏感的人。」她前傾的身子窩回了沙發。「這樣很好。」

「這樣很好？」我抬頭，重複她的話，「除了帶來痛苦還有什麼？」十分不解裡藏著一分怒氣。

她疑惑地回望我，「這樣妳就能比一般人更注意到他者的情緒了呀。」表情好像「老師」，好像「大人」，好像「不然，妳希望怎麼樣呢」，好像我這麼大了卻還這麼不懂事。

結束那場不同頻率的對話，腦子轟隆隆地堵住了嘴巴。心底第一次冒出強烈的不甘，原來敏感就必須體察他人？那如果我想當的是一個被體察的人呢？

離開那個房間後，沒有再去過類似的空間，成長被敏感追得跌跌撞撞，但終究長大，並且在長大的過程裡逐漸對自己的敏感死心。死心後的很多天，三百六十五天，七百三十天，一千零九十五天……我在潛水的某一刻，驀地想起那段對話，想起那位面目模糊的心理師。

○

第一次接觸潛水我就喜歡上它了，喜歡它沒有非得抵達的地方，沒有非得追求的速度，沒有頻繁的互動，只有一段長長的、靜靜的時光。不同於多數運動講求合作，身為一名休閒潛水員，實踐基礎的安全規範後，我給自己的初期目標，唯有「好好呼吸」一項。教練一再提醒，規律呼吸，切勿閉氣，以免水壓傷害了肺部。等「學會呼吸」，教練進一步以五指並攏、來回撥拂的手勢，提醒呼吸之外，頻率穩定也相當重要；新手常在緊張時過度吸吐，甚至緊張得無法覺察正在緊張。呼吸在海下如此重要，重要得幾乎簡化了一切，讓我不知不覺放下所有不必要的自我叮嚀，放下我以為必須一直回應的外界。

我曾以為潛水就是這樣了，它是一件「讓活著變簡單」的事。但，當我想要在那樣的環境中更自在，「好好呼吸」就變了，像嬰兒誕生那一刻的哭泣，人人為之歡喜，可哭泣以後的時時刻刻，卻滿是困難。我得從走路開始學，從穿衣開始學，從一切我在陸地上覺得好簡單的事情開始學，既無法在誰面前逞能，也難以偷偷練習。自成為一名成年人、大學畢業、進入社會，幾乎沒有這樣狼狽過。

我記得自己第一次遇到的關卡，是把全部裝備安放於身。相較上手快的人，我對那些又黑又重的東西充滿陌生恐懼，弄不清名稱與步驟順序，想到它們與自己的性命攸關，還沒下水便有幾分驚慌。

後來我能喊出「大家」的名字，知道哪時候派誰上場，誰能助我完成什麼動作，偏偏行動趕不上心意，浮力於活在重力的我實在太陌生。教練觀察後，要我到旁邊踢一個小時的蛙踢，一小時，再一小時，因為在那個世界裡，我是不會走路的孩子。我喜歡用手划，會厚著臉皮說：「老天給我雙手是有道理的。」但潛水員拚命划是沒有道理的，所有資深潛水員都是用腳踢，一次蛙踢出去，順流向前，不慌不忙，只有我手足並用，前進有限，白白耗氣——潛水是運動，但這運動講究該動時動、該停時停，所以手划、過分腳踢，都是多餘的，浪費氣瓶裡的空氣，必須壓抑。

完成一趟潛水後，我依舊是不會走路的孩子。船潛時，我暈船，吐得要死；岸潛時，我過碎浪區，磕磕碰碰。我試著獨自擔下一切，未曾想過求救，直到別人幫了我一把，我道謝，一次又一次。道謝不可恥，需要幫助其實也不可恥，可我實在長得太大了，大得就快要相信自己天生不應該求助。比起求助，更擅長勉強自己，全然忘記誕生於世時，曾經那麼理直氣壯地哭泣，依舊被眾人們祝福。原來人長到一個年歲，會完全遺忘求助的模樣，不管在工作還是生活，全部一口吞下。

把在陸地長成的身體帶到海裡，吞的就是嗆入口鼻的海水，鹹得教人想起最後一次踏進諮商室，那位此生僅僅交集一小時的心理師，想起她說：我注意到妳是一個很敏感的人……啊，竟是這個我千方百計欲從人格特質中割去的字眼，帶領自己一遍遍潛進情緒裡。通過敏感，我才曉得自己對於需要幫助懷抱罪惡感。通過敏感，我多餘地反覆地檢驗他者的舉動，學會比多心還要多心，擁有一層如鸚哥魚夜寢的黏液繭，在感覺受傷之前閃避慣性過度解讀的陷阱，也盡量拆除自己話語中的陷阱。

一千零九十五天後的一千零九十五天，潛了好多次好多次以後，我在陌生的潛水船上，聽見身旁女孩的氣瓶發出嘶嘶聲響。嘈雜中，我請教練為她做確認。女孩一邊等待，一邊問我，妳潛很久了是嗎？看起來好資深。我笑笑，坦白自己很緊張。她露出甜甜笑容，「可是，妳看起來很鎮定啊。」

「每一次，我都很緊張。」我鎮定的時候，就是緊張的時候。我必須全神貫注，才能勉強相信自己可以應付眼前的狀況。

那趟潛水結束，她的氣瓶沒有問題，但人暈船了。「妳要話梅嗎？」我問，她點點頭，接過我遞去的那包救命果和水。我們不再交談，一起看向遠遠的地方，那是潛水世界裡，另一種不說話的時光。原來，我兩種都喜歡，想在能力所及時，成為船上那樣看似寧靜的角色。

好好笑，那會是我最不稀罕的溫柔，發現的時候，卻已經「敬重」能夠付出的自己；好好笑，能成為那樣的自己，源於過於細緻的沿路風景，看遍路上的蟲魚鳥獸，便能為陌生人指認。

目次

2 水面休息時間

3

回到陸地的潛水員

當潛季開始

——海洋生物是我每次下潛的理由，不知道誰會出現，不知道他出現後會做些什麼。我觀察那些願意讓人觀察的動物，也在觀察中認識自己與他者。

1

一切都從比基尼開始

「妳這是……」魚類專家布朗尼飛魚老師指著手機裡的照片。

我順著指向看過去，喔不，臉書上的我正在脫防寒衣，露出裡頭的比基尼。

○

前幾年回宿霧潛水，專程帶了自己的全套裝備；那是我剛買輕重裝的時候，尤其喜愛其中的紫色防寒衣，設計高雅，與眾不同，一看就不是租的。不過，我也很快就穿不下那件防寒衣——應該說，從穿上的第一天起，就像穿著旗袍在潛水，到了水面休息時間，甚至要微微拉開脖子處，做幾次深呼吸。

儘管外表很美很美，旗袍下的我卻是個浩克。我可以清楚地感覺到，只要稍微鼓脹一點點背與肩，整個人便要炸開，脫繭而出。事實上，如果不是有朋友幫忙拉拉鍊、黏緊魔鬼氈，我已經炸開很多次了。

回到台灣後，重買了一件普通但非常好穿脫的防寒衣，一邊把那件紫色的封印起來，一邊把當時朋友偶然拍下我脫去它的照片，設為臉書大頭貼，既想無時無刻回味旅行的美好，也希望自己永遠在消夜時分記得有這麼一件防寒衣等著我。

〇

一次東管處的活動，我經由陳楊文老師認識了布朗尼飛魚老師。那幾天的潮間帶探索相當愉快，課程結束後，我們在台東機場準備回台北，楊文老師的機票買得早，先出發了，我與布朗尼飛魚老師開始一段尬聊。

因為海洋的關係，話題並不匱乏，但再怎麼一見如故，畢竟才認識兩天，要以小時為單位不間斷地綿延下去，實是一種挑戰。就在我們內心都同感終於到了登機時間，可以名正言順告一段落時，飛機居然宣布延遲起飛一個多小時……兩人聽完廣播，很有默契地分別去飲水機裝水，權充中場休息，接著回來繼續尬聊，聊到互換臉書帳號的程度。

「L、e、l、i……」我徐徐報出自己的帳號，老師依序輸入Leliana Tan幾個字，在按下搜尋的剎那，那張「衣衫不整」的照片，就同時跳現我倆眼前。

自設成大頭貼的那天起，我不曾覺得照片有什麼問題，腰線很好，是努力運動的成果；情境很陽光，潛完水，自海洋平安且喜悅地歸返陸地。然而，那一刻我好想痛揍過去的自己，設個正在潛水的照片不好嗎？為什麼要回到陸地？

我故作鎮定，假裝一切都在掌握中，心頭爬滿了螞蟻，想要飛快跳入下個話題。可是，布朗尼飛魚老師卻停下來，仔仔細細地凝視那張照片：「妳這是……哪裡拍的？」

「喔，宿霧的Moalboal。」我放慢語速，好像很從容。

「這個是……」老師用食指放大畫面。

儘管很抗拒，我還是順著指向望去。

「這個是珊瑚嗎？」

「什麼？」我鼓起勇氣定睛看過去——嗯，指的是我身後的岩壁。

「Moalboal跟澎湖一樣，也有咕咾石建築？」

好喔，這裡根本沒有人管我穿比基尼。

○

話雖如此，和布朗尼飛魚老師熟了以後，他卻坦白是「想看比基尼」起家的。

那日問老師為什麼會成為魚類學者，他露出賊賊笑容，說一切都是誤會，他讀書時受到美國影集《海灘遊俠》影響，以為海洋等於陽光、沙灘、比基尼，便一頭栽了進去，可當時台灣民風純樸，哪裡有什麼比基尼辣妹可看？一無所獲，「只好」全心投入學術工作。

我聽完噗哧笑出來，認為這肯定是玩笑，但也從小處感受到布朗尼飛魚老師屬於「橋梁型」學者，很知道怎麼跟圈外人溝通，吸引對方，再將知識擴散出去。

台灣尚不流行海洋教育的十多年前，他便與綠島俞教練展開合作，以石朗潛水區常見的魚種為主題，設計防水圖鑑，期待舟車勞頓前來的客人不只是看了一些魚、認識魚的俗名，還帶一點正確知識離開。要遇見這樣的老師不容易，我抓緊機會，邀請他進一步合作「珊海經」專欄，每月為繽紛版寫一篇約四百字的海洋科普文章。

稿件通信時，我常有一種「函授課程」的錯覺，看見老師隱藏在幽默的另一面，也看見海洋生物的另一面：他讓我知道，河魨為人們好奇的一戳，會在鼓脹的五到十秒內消耗大量氧氣與能量，即便這個狀態僅持續數分鐘，身體卻已背負氧氣債，待外貌恢復如昔，還需要超過五個小時的休息來償還。我回想過去參與的地方潮間帶探索，導覽們多喜歡請河魨展現生物奧妙，也確實人們對他迅速澎起、縮回總感到萬分驚奇，但這驚奇的五秒若得用他者的五小時去換，交換處境，我是不想被人這麼戳一下的。

二〇二〇年夏季，COVID-19疫情把大家困在小島上，不能出國的人們湧進山裡海裡，早先同溫層外較不流通的訊息，比如應避免使用化學成分的防曬油，在海人們相互提醒下再次受到廣泛注意，許多人因此學到，即便僅在陸地使用這類防曬油，且經汙水處理，排放後它依然會影響珊瑚礁生態。那個時候，我想起老師曾寫過，常見的抗憂鬱藥物氟西汀（百憂解），經人體吸收、排放，再經汙水處理，也仍舊會影響魚類，使得他們過於佛系，在面對外魚入侵時減少驅趕與避敵的次數。

不得不說，作為具有環境意識的公民，我曉得妥善分類的垃圾與回收物很有可能飄到海裡（我們並不真的知道廢棄物最終去處，如何被焚燒、掩埋或再利用），減量才是解決之道，但在防曬油與百憂解這題上，它們帶給我一種「無法消化」的震撼：原來現階段的我們無力抹除生活足跡，尤其是憂鬱時人多認為自己如此孤獨，想不到那份抵禦竟會造成他者的生存困境。這樣說起來，我不僅不孤獨，在被無助感籠罩時，還對遙遠的、不認識的生命，具備十足影響力——這真是讓人想笑又想哭。笑完哭完，我開始好奇有多少東西，是我取用時以為能快速被消化代謝的，但其實沒有呢？

還有一些知識，是我會帶進海裡的。老師提到聲音是吸引魚類趨前的因素之一，珊瑚白化後，其礁體的聲音複雜度、豐富度與強度與過去有明顯差異，也影響了對珊瑚依賴甚深的多種雀鯛。讀完那篇的下一支氣瓶，我第一次真正打開耳朵，傾聽海底的聲音。很奇妙，在那之前，我好像從來不知道海有自己的聲音，只接收二級頭的呼吸聲、教練呼喚的響鈴聲、同伴遇見驚喜物種的歡呼聲……接收一切與「我」有關的聲音，不曾放下緊緊關注的自己，去聽聽海的聲音。

關心環境議題，至今潛了那麼多支氣瓶，到頭來仍有那麼多不足，我有點挫敗。不過，比起挫敗，我更強烈感受到的，是布朗尼飛魚老師的身教——不以正義之名責備他人，以友善引領大家思考每個作為。這提醒了我，一個人所擁有的環境知識，不該是武器，而應是助他人通往自然的磚石。

好的老師就是這樣，像海一樣，使人了解自己經常無知並且犯錯。如果可以，我希望自己永遠是對的，從來沒有傷害過誰；然而，經過這一輪輪函授課程，我也相當清楚，期待「自己永遠是對的」，不過是執著。願意一次次學習、一次次修正，比「我是對的」重要太多。

○

從「想看比基尼」起家，自稱看不到而「只好」全心投入學術研究的布朗尼飛魚老師，在海灘有比妹、海下有自潛比妹的時代，還那麼衷情於研究嗎？

前陣子，我發了一組跟朋友去野溪溫泉露營的照片，一些魚、一些蛙和一張比基尼——因為我又很努力運動了，臉書上的善良人士們也紛紛給我鼓勵和肯定。就在這時候，我收到老師的訊息，他說，他說……

「不知道是不是*Acrossocheilus paradoxus*（台灣石𩼧）？」並附上台灣魚類資料庫的網址。

我點進去一看，是那組照片中出現的淡水魚。

好喔，這就是魚類專家，眼裡從來只有淡水魚、海水魚，沒有人魚。

海洋速寫

在找到適合自己的潛店以前，我在國與國、島與島、店與店間漂流，藉著擁有不同信念的海人，認識海與海的居民。

○

水深九米，H教練搖鈴吸引我的注意力，指向前方鵝卵石——暗影處顯現一抹淡紅色，是抓著海葵、看起來像啦啦隊的拳擊蟹。

上岸後，他告訴我，老教練曾教他如何令過動的小蟹順服：「雙手弓握起來，把他放在中間，搖一搖，兩手分開。」這時，小蟹會隨水流落下，在著地的那刻尋石鑽逃，「你就再把拳擊蟹放到手心，如此反覆，直到他累了停下來。」

後來有一天H自己去找小蟹，「那是我人生第一隻自己找到的拳擊蟹，我把他放在掌心，試著搖一下，學老教練鬆手。」理論上，接著便能爭取到小蟹片刻的呆滯時光。「但，就在這時候，一隻太平洋擬鱸從左邊冒出來，還來不及反應，他就吃掉了那隻拳擊蟹……」

這段話比裝備在身上的鉛塊還重，我沉默一會，昧著良心回應：「太平洋擬鱸會感謝你。」

「可是拳擊蟹不會。」他說。

「對。」我拾起良心，不再說好聽的話。

面對這樣的人，安慰總是多餘；多情的人潛水，攪動了海，將以心償還。

○

H讓我從此看見拳擊蟹都有了不同的感受，思考當我們和海洋生物同處一個空間，做到什麼程度是可以被接受的？有人主張零碰觸，有人支持低接觸，也有人把自身的需求視作任何時刻的第一要務……每種作法的信仰者都能給出一個說法，我發現自己不應該問「我們」，而是「我」——那些答案再怎麼牢不可破，也僅能繪出答者的經歷輪廓、他的身分與海洋認同，無法任人套用。

於是，我想起了Y教練。

第一次意識到自己在看一隻鸚哥魚的時候，很遺憾被迫屬於夜襲者陣營。來不及阻止，睡床空了，鱗瓣似櫻。上岸後，Y將鸚哥魚丟在我腿上，得意地說：「徒手抓的，公平吧？」回去做成了紅燒。

公平嗎？我不知道。一如彼時的我不知道，鸚哥魚睡前會細心編織泡泡，裹住己身，充作蚊帳；一說遮蔽體味，防掠食者聞香而至，一說避免蟲子騷擾。反覆播放那夜，想不起來有無看見夢幻泡影，卻難忘黑暗覆蓋了青衣。

活到這麼大的鸚哥魚，可能以為只要好好掛蚊帳，就能夜夜到天明吧。此後每個需要點蚊香的時刻，我都會想起他，想他分泌黏液繭時想什麼，是回憶今晚以前，還是夢著今晚以後？

○

所幸，關於海的事，不盡然都帶著酸澀。和擅長潮間帶探索的W教練踏浪，便是另一番滋味。

夜空下，背負海葵的柄真寄居蟹從我們面前經過，緊張兮兮地竄進潮池裡。

W瞄一眼，說這寄居蟹最深情，到哪都背著海葵走，搬家換殼也不忘屋上好夥伴。我不禁脫口而出：「真想也找個這樣的人，一輩子背我走。」他鼻腔哼了聲，說這種女人實在見多了。

我低頭淺笑，沒有搭腔。幾天後，讀到一則消息，講述人面蟹把海蛞蝓扛在身上禦敵，當一蟹一蝓雙雙受到威脅，人面蟹便一口氣鑽進沙地裡……然後把海蛞蝓留在外頭！

「嗄，這種男人我也沒有少見。」

很想對W這麼說，可終究忍住。腦海浮現他拍攝潮間帶生物時，不經意洩漏手機相簿裡滿滿的婚紗照；一看就是幾年前拍的，依然謹慎珍惜著，好像柄真寄居蟹與海葵。

是不是和海相處久的人，都會有一些投射？

○

人在投射以前，要先覓得所愛。躄魚便是許多潛水員心中的愛，但比起特殊習性，多數人更著迷他的魚體設計。比如說，胸鰭與腹鰭特化為類似足部的構造，可以在海中漫步；第一背鰭的棘特化成細長的「吻觸手」，並於末端有一餌球。當小魚接近時，躄魚會豎起他的「釣竿」，朝小魚搖晃，舞動如貓奴揮著逗貓棒。只是，當人家受不了引誘撲過去，躄魚並不會喜孜孜沉醉於其萌樣，而是神速張嘴，飽餐一頓。

我人生中拍到的第一隻躄魚，是潛伴激動指引給我看的，因為渾身都是毛，又聽說頗為罕見，我便直覺地以為是毛躄魚（*Antennarius hispidus*）。沒想到，資料讀著讀著，居然看見一句：「本種極易與 *Antennarius striatus* 混淆……」

Antennarius striatus 又是誰？再次查找，得知是外貌如毛躄魚孿生兄弟的條紋躄魚。資料庫說，分辨兩者的其中兩種方式，一是看肚子有沒有條紋——這個我可以接受；二是看餌球有沒有分岔——天啊，那個看起來像沖天炮髮型的東西，不就應該是看今天心情綁哪一種嗎？竟擔當了如此大任？

魚類的世界，總是不讓人失望，一條條紋，兩束分岔，就刷新三觀。

○

為了重建三觀，前陣子我很熱衷學習魚類辨識。由於無相關科系背景，每回把想到的關鍵字拋於網海，再一一比對形態特徵與手中照片，常有盲人摸象之感——晚上十點三十八分的栗光和十點四十七分的栗光、十一點零四分的栗光，各緊捉著一兩種特徵，在腦內展開辯論，堅信自己覓得的學名才是對的。

這種下班後的消遣很紓壓，也很人格分裂。幸好我並不是世上唯一糾結於此的人，社群平台裡就有一個「水下生物辨識圖鑑團」，不論多晚都燈火通明，是海人們的知識酒吧，供我夜夜買醉。

坐在虛擬的吧台邊，我把拍下的照片和可能的學名送出，不一會兒有人按讚，有人提供線索、甚而有專家跳出來回答、給予更多資訊。這才知道，某些自己翻遍資料、猜也猜不透的魚，很可能是「未描述」的種類。

潛水以前，我喜歡一切事物清清楚楚；潛水以後，我能玩味「未描述」是多麼美妙的詞，它閃閃發光地充滿各種可能性，無窮無盡。

光下的異獸

七夕那天終於迎來二〇二一年東北角第一潛，我向 Tej 教練預約了兩回岸潛，下午暖身，晚上篝火。

距離上次潛水其實沒有隔很久，相較許多北部人度過整個冬天、疫情三級警戒，我恰好五月初才結束離島的潛水旅行，遠遠地暖身過；不過，到底是夜潛，想做足準備，給身體時間熟悉。

第一支氣瓶既濁且低溫，兜兜轉了幾個地方，都像 COVID-19 下的都會街頭，冷冷清清，沒有夏天的模樣，幾道水流凍得我連打數個噴嚏，二級頭在口腔晃動。看了看電腦錶，這裡只有二十三度——在陸地上或許是某些人的舒適溫度，但海洋會將體溫帶走，加上我們不像游泳需要大量活動四肢，一樣的數字兌換不同體感。

上來後，不敢對下一支篝火懷抱期待，好不容易開放潛水，能潛就該心滿意足，再要有什麼都屬奢求。然而，不知道是誰施了法，上一支結束才過一小時，七點半入水，全區剔透得如夢似幻，水溫甚至高了三度。當六盞燈架下去，浮游布地，無邊無際裡湧來珠藍、晶白、星紅、螢橘，既熟悉，又比任何一次豐盛華美，不可思議。

我靜默地獻上了所有。

沉醉使人放鬆，放鬆使人擁有自在與自信，幾次拍攝途中想起該注意深度與距離，卻發現自己不經意間把這些做得非常好，如小有經驗的篝火潛水員，無須頭腦發號施令，身體就存有相應對的記憶。當 Tej 比出手勢提醒該打道回府，我感到胸口扎扎的，有個聲音說她還沒有玩夠。

但我還是上去了，畢竟不是哭鬧會有人理的年紀。一行人在路燈下收拾裝備，討論剛剛看到什麼，又該如何拍攝。由於無法預期每次出現的生物，常常下水前煞有其事地問答筆記，結果對方不是沒出現，就是出現時潛水員已經失憶——我們有這麼個說法：「下水會變笨。」而我尚未研究出來，這是因為緊張，或水下空間要注意的事情太多，自然就笨了。

期間，我想拍一隻游泳的小螃蟹，因為不久前社群流傳過白天版，作家朋友見了喜歡，便轉傳給我，問：「是我少見多怪嗎？從來沒想過螃蟹游泳的可能耶。」如今我真在海裡見著了，便千方百計想帶影像回去給他看。不過，小螃蟹顯然更喜歡我的燈，游著游著就棲在手電筒上，由不得人選擇照明角度。放棄螃蟹後出現了一塊碎魚肉，移動方式古怪，不全然循著水流走，我觀察數分鐘，確定是一隻疑似赤魷的小可愛，也是我沒有拍過、非常想拍的對象。但小可愛的個性不太可愛，有點壞，總在最完美快門前一秒滑開，卻又不滑走。

我問Tej：「篝火的對象是不是不能一直靠過來，也不能一直躲，要頻率契合？」下水前他叮嚀我們不要急，先看看動物們運動的方式，碰上乖的再拍。可是，那些畫面這麼稀有，我實在不願意錯過。「一直來、一直躲的對象，真的要忍痛拒絕？」

「看妳願不願意等他。」他意味深長地笑了，又補一句：「人生很短，下一個比較快。」

他在第一次篝火時會慎重交代：「等等最重要的事情就是學會放棄。」那時候指的是不要貪歡，讓自己陷入危險，此刻卻也如此適用。

「黑水和篝火都是修心的攝影，有些該等，有些是來讓妳成就的，每次遇見盡力就好。」

「那狂吃的珠粒真寄居蟹算是讓我幹嘛的？」

除了小螃蟹與赤魷，當時還有一個特別吸引人目光的，便是停駐在潛水燈上的珠粒真寄居蟹。平日見這寄居蟹，他們多半害羞得躲藏起來，像這樣完全放開自我、盤坐燈上吃buffet的，實在很少見，瀟灑的模樣教我拍了又拍，前前後後花上十分鐘，一旁的潛伴甚至待上二十五分鐘——聽起來還好？可是我們那趟潛水總共才六十三分鐘，且目標應為水層間的珍稀異獸。

「路上總會有雜魚吸引妳，但那是無意義的，不要被誘惑走。回過頭來妳會發現人生寶貴、必須堅持目標，而妳浪費了時間在不必要的人身上。即便水層沒東西，妳都應該持續尋找。」

換我意味深長地笑了，這番話能通往海路、陸路以及情路，Tej究竟是說給我聽，還是他自己？

深海無光帶

在海科館的深海魚類展，習得鮟鱇魚為在有限資源成就命脈，雄魚會以口部寄生雌魚體表，而後兩方血管癒合，雄魚生殖腺以外的器官逐漸退化或消失，終至名副其實地融為一體。

穴口奇棘魚另有他法。雌魚全長可達六十一公分，雄魚則生來無胃無牙齒無法進食，身長僅八公分，交配完即死亡，生存目的不言而喻。但我更好奇其中是否仍有愛，其情如何表現？

海雪如霧，千萬謎題未解。

離去前，看著深度示意圖，目光怎樣也無法從數千公尺深的潛水艇上移開。長嘆一口氣，有感而發地對當時的男友說：「如果我很努力很努力地寫，是不是哪天得以見識一下那樣深度的世界……」我幻想自己以作家的身分，受邀搭上潛水艇。

「可以喔。」他凝視我，給予我力量和肯定，右手指向畫面中的百公尺深度線，緩緩往深處移動。「妳如果死在『這裡』，到時候至少能沉到『這裡』。」

忽然領悟，資源與器官充足的愛，並不一定比較浪漫。

拿捏和你的距離

那趟潛水有些古怪。一路順暢卻異常寧靜，沒有人試圖互動，潛導亦不曾使用搖鈴，大家漂浮在同一個水層之間，擁有各自的宇宙，直到一陣奇妙的騷動，水流般地穿越我們。

潛水員們先是抬頭張望，似乎受到某種頻率吸引，接著逐一視線下移，發現在我們漂浮的深度之下，有一群納氏鷂鱝正飛翔而過。

那是我第二次覺得海中生物是「飛」的，不是「游」的。第一次面對的是海龜，他們鰭肢上下擺動如展翅；第二次，也就是這一次，這群被混稱為魟魚的大型海洋動物，像魔毯一樣飄移。我不是第一次碰見魟魚，但是第一次一口氣遇見那麼多。

我想起一位潛友曾說魟魚是迷幻的生物，他沒有見過哪種魚如魟魚這樣飛的。我覺得海很大很深，人類知道的是那麼少，這話或許說得太早，但也沒辦法抗拒納氏鷂鱝甫出場即營造出的魔幻異境。我愈想看清他們的行動，愈是被吞噬，彷彿捲入了一則以口耳相傳的神話中。

神話裡，百姓只是點綴，用來烘托神靈與英雄。然而，誰是神靈誰是英雄還很難說。納氏鷂鱝飛過的數秒之內，鈍吻真鯊也來到了視線中，寬長的尾鰭在末段略帶鉤狀，明顯的黑色外緣使他像是提刀上陣，劈開一股水氣。鈍吻真鯊與納氏鷂鱝輪番現身，一個自遠而近，一個自下而上，身影紛紛清晰。

鈍吻真鯊張嘴，一對納氏鷂鱝脫隊上升；鈍吻真鯊帶某種目的環繞，納氏鷂鱝六十度斜角起飛；鈍吻真鯊追逐起至少有三十公分的大魚，納氏鷂鱝身邊游過一群銀魚。最後，納氏鷂鱝離開海之大銀幕，鈍吻真鯊向我游來。

鏡頭對上他左眼的剎那，一魚一人目光交會，近乎纏繞。我呆愣數秒，放下相機，一邊強裝鎮定，一邊緩緩後退兩步，弄不清一隻鯊魚究竟會有多危險、應該保持多少距離、可以信賴他幾分……其實，就算不是鯊魚，許許多多的海洋生物，都使我產生這樣的疑惑。小時候，大人們告訴我遠離潛在的危險，和動物們保持距離；長大後，專家們告訴我，我是潛在的危險，應遠離動物們。

肉身是脆弱的，但集體使我們近乎暴力。最終，面對這些問題，我只能選擇對彼此最安全也最無趣的作法，讓自己存在，再規範自己能存在多少。可是，故事故事，有時是需要一點點事故的。

我緩緩上升，脫離三十米，也脫離思考。

這回下潛的海域與眾不同，大概是潛水業興盛、極度以觀光發展為主的緣故，不光是魚的種類多，魚的態度亦出奇平淡——那是只有不會被頻繁騷擾，甚至不太會面臨人為致死的動物，才能顯現的樣子。在沒有友善、沒有不友善下，我感覺自己不是「作為一名潛水員」在潛水，而是以一名「潛水員」在潛水。也就是說，我不是一個讓海洋生物迷惑的存在，而是如果他們也搞生物分類，我就會成為裡頭的一個項目，會被拍下照片，記錄學名、形態特徵、棲息環境、瀕危狀態等等。

當然，一切可能僅是我短暫停留的幻想。不過，當高鼻魚在我們下潛時衝過來啃我們的頭髮，渾然不怕生，我想相信這個念頭；當大小魚群沒有為我們停下腳步，沒有避開，沒有靠近，像都市人面對觀光客那樣不在意，維持著自己的節奏過日子，也使我想相信這個念頭。

在這麼多次的潛水經驗裡，我就和這裡的一隻馬鞭魚迎面撞上，並且太有默契地抓不準對方要走左還是右，老是在相撞的前一秒停下腳步。最終，這隻馬鞭魚毅然決定跟我一道走，你看看我，我看看你，一小段路程後，再回到他的日常裡。

是啊，我們都必須回到日常裡，不管有沒有故事。

小醜人

說起珊瑚礁魚類，腦海最快浮現的是多彩熱帶魚，因此初接觸海洋，我吃驚發現怎麼珊瑚礁上也有灰撲撲、褐咖咖的「小醜魚」。

小醜魚，介於普通與有一點點醜之間的魚。雖然不想失禮，但看了多樣絢麗魚種再轉身碰見他們，實在好難抑制分別心。再說，這些小醜魚也很奇怪，不論什麼時刻相遇，都會擺出厭棄的模樣，臭臉對鏡頭，閃身進珊瑚。縱使我在這裡的身分是訪客，也忍不住心想，拜託，我沒有很稀罕你好嗎？這裡魚很多！

幾年後認識了布朗尼飛魚老師，才曉得自己所認知的小醜魚裡，有一些屬於圓雀鯛，在我沒看見的時刻，良善又認真地過生活：他們借住珊瑚家，不僅會以鰭搧水，促進流動，讓珊瑚體內共生藻更有效率地進行光合作用，還會移除落在珊瑚身上的沙泥，甚至趕跑想吃珊瑚蟲的其他生物——天地良心，大家都知道這樣的好房客在人間有多難尋。

了解圓雀鯛以後，我在水下會多花點時間觀察他們。也有那麼一點好奇，現在氣場友善許多的我，可否在他們心中當個小醜人？

海錯圖

——鈍額曲毛蟹——

鈍額曲毛蟹很醜。

滿身一塊塊的東西看起來很像瘤，第一次相遇是在夜潛時，光一照，他衝得飛快，如一陣襲來的惡意；但是等我冷靜下來，才發現那是在閃躲。人很奇怪，第一眼覺得他毒胞脹滿全身又大又可怕，可一曉得他比我還恐懼，忽然就不怕了。

第二次再看見他，我刻意把光打偏，不想驚擾，只想細細看個分明。我好奇這傢伙究竟是怎麼樣的組成，為什麼東一塊西一塊突起，顏色又衝突得不得了？

那是海綿與海藻，參雜一些碎貝殼與沙礫。

鈍額曲毛蟹習慣把可以取得的材料全往身上放，不動時便能混入周圍環境，以偽裝躲避敵害，也藉著怪模怪樣讓人倒盡胃口。他並沒有我當初想像的那般神奇邪惡，就是很老實地在海裡混一口飯吃，所以也格外不想受到過多關注。

那就是一個生存的模樣，看懂了，便沒有誰很醜了。

——綿蟹——

會往身上放裝飾的動物不少，而綿蟹做起這件事來，似乎比誰都有心。

我在潮池碰過他們幾次，指甲片大小，穿著自己精心剪裁的海綿斗篷，有一種綿蟹的挺拔俊朗。儘管外貌看上去都差不多，性子卻很不相同。有些隨浪擺盪，不輕易教人看出真實身分，擁有最高等級的易容術；有些按捺不住，多瞧兩眼便驚得慌，也不管有沒有水流有沒有風，說走就走，移動起來像一塊鬼海綿，萬分可疑；有些則底氣不足，稍感不對勁，立刻斗篷一拋，面具一撕，哪裡有縫哪裡鑽。

在這些綿蟹之中，有一隻特別令我難忘。那時不知怎麼碰掉了他的斗篷，害他在月光下赤裸身子，整隻蟹頓時僵住了。我滿懷歉意地以指尖夾起那外衣，悄然放置他身旁。本來不敢心存希望，沒想到他真的接收到這份心意，下一秒就毫不遲疑地穿回去，緩緩步行離開。

望著他小小的背影，把所有月光都積存在迷你斗篷內裡，我驀地好想喊住那位綿蟹。除了真心誠意地說一句對不起，還有「欸，你衣服穿反了」。

一樣的事情我覺得不會發生在章魚身上，因為他們做什麼都很上心。

春季傍晚的潮池，正要回家的我碰上了正要外出的藍紋章魚，無論如何都想一起走一段路。這個身懷劇毒卻只有乒乓球大小的傢伙，八隻手攀爬起來威風凜凜，即便我塊頭比較大，他也不以為意，自在遊走，偶爍藍光。當他在兩處水窪間移動時，會因應略有不同的沙礫組成，使身上的藍環轉暗，黃體轉棕，並變化出細顆粒一般的質地，易容偽裝，一點也不靠外力。

雖然不必靠外力，但不等於不願意。不少章魚就被目擊到把自己裝進椰子殼裡，或是蛤蜊殼之中，像是曾經流行過的綜藝節目，拽著兩瓣蛤蜊殼走，遇到什麼不想面對的，「啪」地蓋起來。此外，他們偶爾也會用兩隻腳走路，曲著另外六隻，很像挽起裙襬的異形淑女。

當然他們也很聰明，以我交手過的章魚來說，只要我膽敢把相機丟給他們，他們就敢伸出手去把玩。章魚想要親自操控按鈕，對於拍攝的動作充滿好奇，即便我沒有收手，他也就這樣攀上來，以手貼著我的手，像言情小說裡的霸道王爺，只是礙於身形差異，沒能強硬地扳一扳我的下巴。

如果可以被扳一扳下巴，大概不錯，因為章魚體內五分之三的神經位於腕足中，而且腕足長滿超過兩百五十個吸盤，能聞與嘗碰到的東西；第一次見面就願意深入了解對方，這在總是得小心翼翼拿捏距離的世道裡，真是可貴。

只是，雄性章魚乍看一樣的八隻手裡，有一隻是莖化腕，功能和陰莖一樣，而我暫時還不想手手懷孕。

——**烏龜怪方蟹**——

有些人懷孕時忌諱泡湯，但有一種螃蟹媽媽沒有選擇，就住在溫泉裡。

一九九九年，人們發現龜山島海面下有熱泉噴口，會不斷噴發溫度可高達一百一十六度C的硫磺煙柱，也使得周圍海床布滿了硫磺球，形成充滿有毒物質的熱泉環境。然而，卻有一種奇怪的螃蟹，不但不以為意，還會湊在一起吃硫磺，頓時受到人們矚目。

這種螃蟹後來被取名為「烏龜怪方蟹」，好像只有這樣的名字才配得上他們這樣怪奇的習性。不過，隨著烏龜怪方蟹在國際間受到重視，學者進一步研究後發現，這螃蟹原來不是只吃硫磺的，打開肚子一看，裡頭東西不少，還包括了命喪火口的浮游生物。

只吃硫磺跟可以吃硫磺到底是不同的。

螃蟹變得沒那麼怪了，或許有人因此失落，可是我認真想想，最高溫度不斷攀升的夏天裡，都有人往火鍋店裡跑了，烏龜怪方蟹喜歡剛涮好的浮游生物，其實也沒有那麼難理解。

——扁蟲——

新發現總是教人開心，所以前陣子看完大英自然史博物館展，我直覺自己生錯了時代。若能趕上那個時候，應該比現在更有機會四處進行博物學調查，天天過著精采的日子。

但有位扁蟲告訴我不是。

扁蟲薄如蟬翼，呈扁平狀長橢圓形，利用腹部細微的纖毛擺動與分泌黏液在固體上爬行，泳動時如一張魔毯，波浪似地前行，那模樣看千百萬次就會讚歎千百萬次。他們有的體色似沙不引人注意，有的如滿天星，更有通體亮橘，甚或豔藍中間帶黃線的。

扁蟲以底棲生物為食，平時輕飄飄看起來很仙，但真要吃起飯來絕不跟人客氣，東西包起來就不輕易放手。我在那裡看著看著想起《倩女幽魂》的女鬼，美可以很美，狠可以很狠，都是為了生存。

二〇一六年年底，就在我常去的潮池，研究人員發現了新物種扁蟲，並且登上了期刊。二〇一八年，我終於靠著一己之力，在潮池裡找到他們。蜜桃色帶淺紫邊，不是特別難發現的存在，卻十分需要機緣，在對的季節與潮汐，加一點經驗養出來的眼力。

原來不管哪個時候出生，新物種一直都在，只是我有沒有本領看見，有沒有辦法讓環境等我到看得見的那天。

——槍蝦——

我猜能在北部有這樣的研究收穫，是許多人始料未及的。而「始料未及」是我很喜歡的四個字，一寫出來就有張力，起承轉合統統在裡面。最近有件事，挺配得上這四個字，得從槍蝦說起。

槍蝦身長僅數公分，但有一大一小兩螯，大的一夾，足以製造出時速高達一百公里的水波，能將獵物擊暈擊斃。這一招衝擊波還會形成氣泡，並在崩裂的千分之一秒，因壓力而產生攝氏四千度的高溫，產生等離子現象……這個現象看不懂也沒關係，只要知道兩件事就好：一，等離子具有殺菌作用；二，科學家不但看懂了，還看中了這個技能，於是研究大螯的結構，製作出放大版的機械鉗，打算研發新的消毒技術。

原本只是想好好吃一頓飯，怎麼料得到筷子舉起來揮了揮，居然就對另外一個族群產生了意義。

這樣的發展，毫無疑問是槍蝦始料未及的。但真正教我始料未及的，是擁有以上這些生態的環境，如今卻要被人拿去開發。打在心上的力道，大概一點也不輸給等比放大的槍蝦衝擊波。

——亞蘭達甲魚——

他們告訴你，樹有年輪，可是他們沒告訴你，魚也有。他們沒告訴你，因為他們不知道，他們只知道吃魚，知道吃魚之前要除掉鱗片。

魚的鱗片上面就有「年輪」。其實，不管是生物還是非生物的身上，都會因為周期循環而留下痕跡。據說如果更進一步地去分析魚的耳石，會發現它跟臉書一樣，打卡這魚去了哪、吃了什麼，其精準能以「日」為單位。

年輪，記載了樹與魚的一生。而人的身體裡面，則記載了宇宙截至目前為止的運轉。

因為骨頭。

最早我們是沒有骨頭的，亞蘭達甲魚是目前所知道第一種擁有骨頭的魚，不過他的骨頭不在身體裡，是包覆在身體外。在漫長的過程中，終於有生物把骨頭放進身體裡，並且愈用愈順手，發現擺動之間，能讓自己游得飛快，更容易獵捕食物與落跑，成為強權。

接著，有些生物覺得在海裡生活太難了，就像台灣長一輩的選擇出國念書、這一代的偏好打工旅行，生物們也決定挑戰新環境，來到陸地上碰運氣。這裡和過去的生活差異很大，光是少了浮力就是一大問題。這是最激烈的水土不服，所幸有些生物熬過去了，長出脊椎撐起自己。

可我並不是因為這樣就說骨頭記錄了宇宙的運轉。我之所以這麼說，還因為骨頭製造了紅血球、白血球、血小板以及血漿，而後者的成分與海水接近。

換句話說，從我們在母親如海的肚腹內誕生的那一天起，就一直在體內保有一片海洋，記錄著自己的來路，無論我們是否記得。

當我們在水下生火

那一晚，我與潛伴執行的，是被稱作「篝火」的項目。它屬於夜潛，但不同於一般觀光模式，規畫路線、散步前行，而是選定一處十五米深的地方，架設三、五盞潛水燈，向內太空打出訊號，召喚浮游生物聚集，召喚一階一階的掠食者到來，拍攝與日潛迥異的景象。

潛入篝火，不是太難也不是太簡單，端視每人心中的恐懼而定。以我來說，不太怕黑也不太怕蟲，但依然有一小段時間必須處理心底對光的渴望，把自己安頓於幽冥中。適應環境後，再要按捺對細雨般浮游的哆嗦。密密麻麻、旋轉顫動的蠕蟲，好似能反過來將人覆蓋吞噬；這時千萬別回想看過的驚悚片，退開幾步，將之視作繁星，便能平靜共處，並且經驗到自己的一舉一動如何創造海流，影響眾生。

接著，掠食者出現，姿態靈動，看似願意慢下來互動，又在人舉起相機時忽左忽右、忽前忽後，百般纏繞鏡頭與心頭，燃起潛水員不顧一切尾隨的欲望；我們會在海裡迷失，會在快速上升時得病，這些都是惡魔的邀請，必得說不。可話說回來，其實我們的光也是惡魔之光，吸引浮游，吸引被浮游吸引的惡魔、吸引被惡魔吸引的心魔，彼此為惡。

剛學會畫魔法陣的巫師，並不總是知道將召喚什麼。於是，有一夜，從漆黑裡竄上來的，是隻帶著利齒、面孔陌生、體極寬極長的大魚，龍一般奔騰上天，和我擦肩而過。

在那最近最近的時刻，我直視了龍的眼睛，霎時陣陣寒顫，被噤聲、懾去心魄；待他的臉轉去，惶惑舉起手電筒朝魚體照去，卻是一時之間看不盡，銀閃閃如一條軟鞭，虛擊側捲。我輕輕喘氣，心想那是誰？會是地震魚嗎？張望左右，想呼喚夥伴們來看，也想找人壯膽。偏偏水下難以發聲，大家四散攝影，周圍的光僅足夠看見三米處有黑影，到底誰都叫不來。該不該追上去？此舉會不會激怒他？我還在猶豫，龍竟先一步折返了，強硬近逼，環身打量。

我怯懦得把手電筒往身上掩去。

少了光便少了浮游，大概是這個緣故，龍一般的魚離開了。此後約四、五十分鐘，沒有再見到他的身影。至少，潛水結束前的倒數十分鐘是如此。當龍三度自黑暗現身，再不給人丁點閃避的機會，龐大身軀直面衝來，一口氣撲向我，藉著自身陰影不斷削弱手電筒的光，直到玻璃鏡片前五公分，終於斷然鑽入左側的漆黑。

整趟潛水共計七十一分鐘，三次邂逅，上岸才知道幾乎大家都碰見了。可那魚不是龍，甚至不是地震魚，僅僅是白帶魚——餐桌上看起來溫良恭儉、任人下筷的白帶魚——體長約一百多公分，不到地震魚的一半；多出來的，全是我震撼下的錯覺。

有些潛水人亦是釣魚人，講起白帶魚在鉤上的險惡，叮囑大家未來碰上要當心他一口尖銳白牙。潛伴心有餘悸地回應，剛剛動彈不得，慶幸自己戴著頭套，不然好像連耳朵都會被咬掉；也有潛伴怕極了反被激怒，一度欲上追回擊，但沒有成功。我聽著大家相似的際遇，驚魂未定裡還有不可思議，尤其是知道了來者何人：居然有一個夜晚，我們對「海鮮」感到「敬畏」。

潛水以後，少碰海味，但不知道自己還能敬畏餐桌上的鹽烤白帶魚，更未設想過白帶魚擁有性格。或者說，我可能並不認為白帶魚該有性格，且這麼性格。畢竟，不上市場，無緣見他形貌，潛水數回，亦不曾偶遇他生之時，我和他最近的距離，便是白帶魚三字作為餐桌上的一種佳肴，而食肉時自然避免虛設對方的一生。

此刻，我認識了，想像了，不免進一步思考，過去的我，有資格吃一條白帶魚嗎？未來的我，還能吃一條白帶魚嗎？

○

我喜歡篝火，所有潛水項目中對它情有獨鍾。人在海裡、在夜裡、在愈來愈深遠的地方裡，會一點一點變小，大幅增加對環境的不安全感，好像連寒毛都豎起來探索外界訊息，任何遭遇都變得轟轟烈烈，如同青春期的愛戀，只不過對象更為體面。

我記得我的第一次篝火，記得它先讓我變小，再把我變得極其宏大，產生一種巨化的驚慌：沒有描摹過底層的浮游怎麼充盈海洋，所以那一刻為每束光芒喚醒的生命驚歎，折服其中強勁的湧動，更探究起假使自己用雙手捧著，掌心該是多少生命？不，光盛上一勺的水，便是無數。那麼，以前與以後的每一步踩踏，如何計數其喪生？我竟擁有這般蠻橫的力量嗎？

然而，這樣的領悟所蔓生的，除了同理，多少伴隨某種狂妄。錯誤放大自己「很有影響力」的認知，使我在那尾白帶魚面前格外微不足道。不是釣客與漁獲的關係，是我侵入了他的場域，既與有能力制服他的同類分離，手上亦無一工具，如果兩相交手，任人下筷、溫良恭儉的大概是我。

可我想說的並非野生動物多麼可怕，是自己對海洋的懼怕多麼淺層。撇除流與浪，撇除巨毒與巨鯊，單單尋常可見的白帶魚，就具備蠻橫的力量；長久活在「人類」此一集體稱呼下，我天真地以為自己具有無比殺傷力。

大海詭譎，一會使人上升，一會使人下降，弄不清應該把自己放置哪個深度。

上周六，又去了一趟篝火，上岸前兩分鐘，拍到一隻萊氏擬烏賊。那是奇幻的瞬息，一行人準備回去，潛伴與潛伴間保持得宜的距離，因應夜潛的性質，相較日潛更為靠近；儘管靠近，又在水層拉出間隙，而那一隻萊氏擬烏賊，就現身夾層中，襯著沿岸的燈火、左右潛水員垂掛的手電筒光芒，彷若等待於路燈下。

一起懸浮著的，還有一片標有「湧泉竹炭水600ml」的塑膠膜。

很衝擊，但不陌生。我舉起相機，在景象流逝前拍下三幅影像。緊接著，移開在快門待命的手指，伸長手臂捕捉那片膠膜，卻是慢了一個蛙踢，令它隨旁人蛙鞋渦流朝後漂去，錯過指尖，以殊異陸地的運動路線，一層一層往下墜。

黑水吞沒了它。驀地想起，研究指出，海洋塑膠其實很香，它泡在海裡一陣子後，對水族來說，聞起來就像食物。

這一刻，我又墜向了具有殺傷力的「我們」。

到底該把自己安放在哪裡呢？

試著退回起點，退到海洋變得詭譎之前：倘若我沒有擅自認定它為每次際遇做好安排、教給它心愛的陸地孩子什麼；倘若我把那些撲面而來的，視為浪花拍打礁岩，總有幾滴生命之水灌入孔隙，「教導」這個詞用不上，「交付」也不過是刺激與反應，要有什麼更多念想，都是投射。

儘管是投射，依然渴望潛得深。只是，關於「我」的存在，漸漸明白，放大和縮小，終究還是把自己看得太重。

跑掉的顏色

「這些照片的顏色都跑掉了。」主持人A在節目錄製前的會議上，指著我多年前的水下攝影照片說。「妳用TG幾？五？」

「TG2。」我順從地回答。OLYMPUS的TG系列在二〇一九年推出第六代，二〇一三年拍的照片不管是器材或個人技術自然無法比擬。

他開始口沫橫飛，嘴巴一開一闔地唬著其他工作人員，拋出好幾位優秀的水下攝影師名字，似乎這麼做他就和他們一樣善於攝影了解海洋。

我沒有吭聲。

幾分鐘後，他像我不在現場那樣，對身旁的工作人員說：「她的調性冷，等等我們要想辦法。」

於是，我趁著對方下一次的提問，捲開了我最喜歡的故事，揮舞我的魚之刃。

印象中，問題是這樣的：妳從什麼時候開始關注海洋？

「大二升大三的暑假，我報名了東華的海洋探索課程，那是為期一周、要住在屏東海洋學院的通識課，而其中的一天，我們去了海生館的後場。當時，導覽員提到一件事，教人記憶深刻。她說，每次帶領遊客去看獅子魚時，喜歡請大家猜一猜，如此美麗奔放又帶毒的生物，最脆弱的地方在哪裡？這個問題的正確答案是『腹部』，可以藉著觀察他喜歡貼地的生活方式得知。不過，有那麼一回，一名小女孩卻舉起手，給了導覽員出乎預料的答案——她說，『是感情。』」

講到這裡，我刻意放慢速度，注視會議上每個人的眼睛，最後停在A的眼神中，捕捉他漾溢的「哎呀孩子就是孩子」之「輕」。

在令他感到不舒服前，我轉開了目光，回到和善的工作人員視線中，不鹹不淡地把故事說完。「這個答案當然聽起來有點好笑，可是導覽員卻瞬間覺得被啟發：有時候，我們讓自己看起來張牙舞爪，不就是因為擁有脆弱的感情嗎？」

我的魚之刃從不使我失望，眾人陷入短暫而合宜的沉默。A再度開口，他說，等等拍攝就要這種感覺。

○

說是這樣說，實際錄製時，A有意地不給我任何機會講魚的故事。任何有關動物的事，他都不讓我說，他追問我的外形是否符合人們對潛水員的想像，追問我的體質是否孱弱而易於暈船；在「卡」的時候，他說，「妳不要一直想魚。」

但海洋生物就是我每次下潛的理由，他選擇了在節目上介紹《潛水時不要講話》，卻最終巧妙地不讓我講話。當一個小時過去，我彷彿潛了一支六十分鐘都在做水下安全停留，停留點還是真的什麼都沒有的氣瓶。

總歸要上岸的。如果是以前，說不定會受傷，可換個角度想，我就只是再次交託主場，從面對未知的魚變成未知的人，既與獅子魚一起努力過了，心也就定了。

不過，三個月後，我仍報名了水下攝影課。授課的老師強調事前弄清楚基礎概念，事後多依賴後製，不帶學員在海下進行課程，期許他與他的學生們透過降低拍照次數，減少對海洋生物的影響。因著這份善體魚意，我與朋友報名了，在那十幾個小時，反覆呼喚被海洋圍繞的記憶，把所有操作在一張桌子上完成，在陸地裡。

我們按壓OLYMPUS每個神祕的按鈕，操控筆電下載陌生軟體，一次次調整關於光影的數字，一次次拉扯關於光影的線條，瑰麗的珊瑚配合地或綠或橘，卻教人愈調愈納悶：老師說的「更接近珊瑚」的顏色，是什麼顏色？如果過去我的照片「失真」，那「真」是什麼？

由於好奇答案，後來的潛水我在拍照前先關閉相機閃光，感受紅色在第一時間消失於水下，然後是橙色、黃色，接著來到只剩綠色、藍色、紫色的世界。我按下快門，取得第一個版本。接著，該「補光」了，把手電筒對準想拍攝的海洋生物，令相機顯影，得到第二個版本。然後，分別拍攝一張有閃光與純閃光、無手電筒光源的照片，獲得第三、第四個版本。

上岸後，四個版本放在一起，有的不知重點，有的一看能上臉書誇讚，有的乍看過於淡然，細看卻有味，有的夾在三者之間，說不清感想。然而，這其中，到底哪張最接近真實？是我在海下親眼看見的版本，還是我在海下透過相機顯像看見的版本？或是我在上岸後調色的版本？

忽然間，我想起被網路稱為「世界上最醜的動物」的水滴魚；他嘴角下垂，一臉心事重重，就連身形都有種「魚生無奈，凡事只能逆來順受」的模樣。更有人形容他，「長得像一大坨鼻涕」。

但其實，水滴魚是深海魚，生活在澳洲和塔斯馬尼亞周圍的海域，住在約六百米到一千兩百米深的世界裡，之所以會看起來像坨鼻涕，只是因為他被捕撈上岸、處於非日常深度。

換句話說，假如我們能抵達他的深度，水滴魚看起來就是水滴魚。

○

那關於海洋的，究竟該是什麼顏色。是我實際潛下去看見的那個顏色，建構於我的生理構造、不同於魚與海蛞蝓看見的顏色？還是我準備好攝影燈、購買頂級閃光燈，把一切「被海吃掉的」、一切被認為「失去的」，好好地「補回來」的那個顏色？甚或，倘若有生物意外被打上了岸，在日光之下、空氣裡頭，來到符合我們生存的環境，他的顏色是不是就能被訂定為「標準色彩」？

我要抵達哪裡，才能讓顏色看起來就是顏色？

或者，我真正該想的，是自己欲以什麼為標準，要讓其他人的意見在我的標準裡占多少？

潛到五米的時候，紅色消失了；潛到十米的時候，換橙色離開；二十米，黃色停住腳步；三十米後，紫色與綠色交棒給藍色……同一個人，同一對眼睛，感知的世界就這樣悄悄變了。我想，潛水五十次的時候，我會有一個答案；一百次的時候，推翻上一個答案；第兩百支氣瓶，以為這就是正解了；三百支後的氣瓶，還要帶我去另一個地方。

在答案出現以前，潛水時、上岸後，都不要講話吧。對每個人，甚至同一個人，關於海洋的顏色會變，獅子魚脆弱之處也是。我理當和我的魚夥伴看得更深，不要在淺水區化作刀刃。

2

水面休息時間

——水面休息時間，意指氣瓶與氣瓶間的休息時間，亦是我把頭從水中抬起來，正視夥伴的時候。於是，許多與人有關的故事於此展開，並且不因著那趟潛水結束而畫上句點。

又是浪來了

二〇一一年成為開放水域潛水員後，我陸續在各處取得高氧、進階、救援等執照。其中最難忘的、稱其改變一生也不為過的，是在台灣修習的救援課程。授課者是PADI課程總監Morris，江湖人稱任爸，一年後真正知曉他是何許人物，我對自己膽敢以那樣的程度報名該項科目感到羞愧；Morris是能教教練的教練，卻要指導我這吳下阿蒙。

那時，我沒有固定學習的店家，去哪裡潛水和上課皆隨心所欲，許多基本技術不到位，還在其他教練錯誤推薦下長期穿著一雙不合腳的蛙鞋，以為卡卡的感覺純屬練習不夠；經Morris提點並更換後，我的蛙踢順暢多了。

Morris和過去碰上的許多教練不一樣，他既沒有東問西問打聽我的來歷，也沒有眼神上上下下打量我的潛技，更不曾對我說：「妳是不是跟叉叉叉學（買）的？難怪會叉叉叉……」弄得人滿心叉叉叉。在Morris面前，學習潛水很自然，就是這項不會學這項，那個做不好就再來一遍。一次次互動下，我感覺自己內在的觸角慢慢地向他探去，有一種可以信賴的氣味使我安心。

順從觸角的建議，我壓抑在海裡四處漂流的習性，跟著他台北的店家潛了非常長一段時間。Morris旗下的教練形形色色，但多與他有著相似氣質，我漸漸從中找到一個舒適的位置，讓觸角偶爾向前探探，也接受它不時需要縮回。

二〇二一年的夏季，台灣潛水業很難熬，北部尤其如此；疫情籠罩下，本來已經很短的潛季，七月底才迎來首次開放。在那什麼都不能做的兩個月，我一直想起Morris。自救援課程結束，我們見面次數屈指可數，此刻亦沒有能幫上忙的地方，卻盼望和他聊一聊，想知道引領我潛得更深的Morris最近好嗎？甚至，想進一步認識成為課程總監之前的他。

一個周日下午，我們對坐教室裡，Morris提起第一次看到全套潛水裝備是在國中，上學放學的路上，總會經過兩間體育用品社，櫥窗裡的模特兒就穿著潛水裝。「我和同學覺得超酷的，一看就想學，進去問老闆這多少錢？現在休閒潛水是背一支氣瓶，那時候還有雙瓶組在一起的，所以老闆指指氣瓶，說一支一萬六、兩支兩萬三；那年代這是很可怕的金額，我爸一個月的薪水可能都不到一萬六。老闆繼續說，咬在嘴巴的那顆要八千塊喔，我們只好黯然推門離開。」事情暫且按下，直到出社會工作，上下班的路上又有一間潛店，Morris每天看每天看，感覺海洋在對自己頻頻招手，加上高中同學正值轉業空檔，兩人便約去民權東路的「水世界」上課。

三十三歲考取初階開放水域潛水員執照，玩了一陣子，開始想要提升技術，逐步考上潛水長。這時候Morris還沒有想一頭栽進去，是浪潮先向他襲來——二〇〇〇年前後，台灣經歷網際網路泡沫化，相關產業大受打擊，他服務的太平洋電線電纜子公司，也不得不走上縮小規模、大量裁員的路。二〇〇三年，他離開了，和另外兩位同事，阿智與Ken，一人出資三萬元，以九萬元架設起潛水易購網。

「美國有一個很有名的潛水器材購物網站，叫Leisure Pro。正好阿智和Ken當初在美國學潛水，裝備就在Leisure Pro買的，還去過現場。他們說Leisure Pro做全美的潛水用品網購，但這家公司只有四個人，還是四個猶太人。」這帶給三人啟發，憑著專業背景，創出第一個中文潛水器材購物網站。Morris笑著說：「當時很天真，認為網路購物就是買了轉賣，不需要什麼成本，未料經營不過半年，公司貨愈來愈多——妳在陸地上穿二十四號的鞋子，買回去可能發現套鞋只要二十三號，一來一往，庫存就增加了，也就漸漸發現九萬塊好像不夠用，而且我們好像需要一間更大的辦公室了。」

生意愈做愈好，進貨包貨送貨愈來愈趕，客人們的問題愈來愈具挑戰性，從已購買的裝備到打算購買的裝備，一路延伸到學潛水的階段性問題。他注意到，網購和純銷售不能滿足客人，於是找店面、考教練，浪一波又一波來。

我是在他們第二次搬家後出現的，透過救援課程了解到自身的熱情與資質，拿來照顧好自己、潛伴，最無悖於該精神。倘若成為教練，肩負他人性命，那壓力不只無法想像，亦無法承受。

「應該這樣講，當教練有壓力、會害怕，其實是很好的事情。為什麼？當我怕妳狀況不OK，又不得不帶妳下水的時候，我一定會想辦法找一個相對安全的地方，就會把危機控制得比較好。」Morris回顧這十八年，那些真正驚險的事情都沒有直接發生在自己身上，但一次他人在現場，一次則只能煎熬地等候消息。

「在現場的那次，該潛點的海流本來就很強，同船另一團的成員上升不久後便被流走，幸好他們有打浮力袋，船長看到了，先接一批人上船，用麥克風請我和學生在海面上等一下，轉頭就追過去……妳知道那一下是多久？」

我搖搖頭，聽他講下去。

「將近五十分鐘。」

天啊，學生們可以接受嗎？

「等待的位置算很好，兩邊海流撞擊，水往外去，我們恰好在中間沒有流的地方。由於那團被帶得很遠，船順流追去，追了十七分鐘，把他們撈上來，再逆流開回來，前後過了近五十分鐘。」

「那五十分鐘要做什麼？」我問。

「我們是去看錘頭鯊的，也看到了。所以錘頭鯊在海裡，我們漂在那邊，其中一個學生咬著二級頭，臉朝下，就聽到他一直吐氣泡的聲音，很煩。我問他，你在幹嘛？他說，我在看錘頭鯊有沒有游上來……」Morris笑著爆粗口，坦白當下心裡很毛，特別是想起錘頭鯊一隻兩三米大。「因為錘頭鯊冬季的時候才會來，基本上水溫很低，只有二十三、二十四度。漂的過程裡，第二個學生講話了。他說，教練，我終於知道潛水沒有上岸的人是怎麼死的，他們都是失溫而死的。我問他，你為什麼講這個？他說，我現在愈來愈冷了……」

另一次，他剛帶完綠島團，人在台東機場準備飛回台北，突然接到船長的電話，說出事了，一位他熟悉的夥伴在墾丁失蹤了。「第一時間以為他們在開玩笑，那位夥伴非常嚴謹，如此龜毛的人怎麼可能被流走？」傍晚的逆光與海面波光層層干擾，搜救任務極其不易，海巡署的船去了，直升機也去了，一排消防隊的弟兄在貓鼻頭以望遠鏡協尋，可是直到太陽下山，他們一無所獲。

霞光即將消失於天際，眼看直升機的油料就要用罄，它在天上繞最後一圈。這一圈，終於收到底下的光芒回應，失蹤者舉起技術潛水用的手電筒，對著直升機照去，成功吸引駕駛目光。後來，Morris在消防隊的學生告訴他，那天他人在現場，看到直升機忽然有個大角度的回頭，海巡署的船也開過去，知道迎來好消息。

事實上，被流走的四人皆打出一支浮力袋，船卻三次從他們身邊經過而沒有發現，可見情況嚴峻。「從我開始潛水到現在，最有壓力的一次就是夥伴被流走，自己又不在現場。如果我在現場，還可以盡力，我不在現場，什麼都沒有辦法做。甚至因為要起飛，整整四十分鐘手機不能開，腦袋裡面東想西想。一落地，我馬上開機，訊息傳進來，人找到了。」Morris以兩次的「嚇死我了」結束這段對話，顯露我從未見過的神態，好似事情發生於前一晚。

曾聽其他潛水教練形容自己的工作，是「賺著賣麵粉的錢，操著賣白粉的心」，我過去對這句話的體悟，是他們日頭下乾了又濕了的防寒衣，是背著自己的重裝還要拎著學生的那份，是各種學生與客人不小心變出的難題。可這一天，我想到我忘記還有一樣特別沉的，那將夥伴放在心上的重量。

「十八年驚險過，也感動過，最觸動你的一件事是什麼？」

Morris笑了，老實地表示教會學生當然很有成就感，但多年下來不免麻痺，疫情下問這個問題，他會回答是前陣子房東告訴他，本月房租先不收，「我聽了眼淚都要冒出來了。」人在海裡浮沉的同時，也是在陸裡浮沉，浪潮也許又要來了。

我問Morris，初入教練到資深，人生觀有沒有因為潛水產生變化？就我而言，大約是性格從一塊碎玻璃往海玻璃的方向滾磨。

Morris說自己以前是個急性子，會一直催一直盯，教Open Water後個性慢慢有點改變，體會到愈替他人著想，事情愈順利。「其實就是同理心。雖然我高中是游泳隊選手，拿過金牌，卻在學潛水時遇到一個困擾，那個動作叫『面鏡脫下戴回』。我沒有辦法想像自己居然在做面鏡脫下戴回時嗆水、第一時間站起來（潛水員的學習過程裡，講究在當下冷靜處理，摒棄欲衝出水面的直覺；人在泳池中站起來，代表他若在海裡可能不顧一切往上衝，是有危險的舉動）。我是游泳選手，這種事怎麼可能發生在我身上？它讓我明白，即使是水性很好的人，還是有做不到的地方，那為什麼要逼學生一次做好？是不是應該給他時間練習，一步一步達到目標？」為此，Morris把嚴格保留給教練班學員，面對一般潛水員，他笑稱自己是「有交無累」，你有交學費，我就不會喊累；潛水是好玩的事情，最希望學生能感受到這點。

「Morris，你喜歡你的工作嗎？」我知道答案，但就想親耳聽他說。

他答得篤定：「喜歡啊，不喜歡就不會做那麼久了。」

海中的土匪、洋蔥與我

上船之後，才發現土匪姊也在這，以其慣有的叱吒風雲，招呼左右。

嘆口氣，我轉過身，假意忙著組裝裝備。鬆開氣瓶與船欄杆間的彈力繩，BCD掛上去，置入配重，然後是調節器組，順好管線，該對口的對口，該測試的押押按按。最後，重新固定回彈力繩，再無一事可做。

我發呆望著潛水船，它噠噠噠地打出浪花，駛出港灣，讓陸地上的民宿變得渺小，噠噠噠地駛離人煙，讓回首只有山頭的墓地清晰可見。啊，以及，這些視野中，怎樣都抹不去的土匪姊。

出海不如想像中靜謐，引擎聲轟隆隆，興奮的潛水員也轟隆隆，大笑聊著各自經驗、對海平面下的期待，趁機熟悉第一次見面的潛伴。一艘船上，土匪姊的聲音似乎特別有穿透力，劃破海風，直面打來。她一邊談笑，一邊著裝，動作乍看與他人無異，卻神祕地自有一種磅礡，嘩啦啦奔散氣勢，使我想起烏蘇拉，《小美人魚》裡的烏蘇拉，八腳張揚。

不過，土匪姊並不是烏蘇拉，烏蘇拉的原型是章魚、是海洋生物，她的潛技尚未如此突出。再說，烏蘇拉不會像土匪姊一樣，四處捅海洋生物。

第一次遇到土匪姊是在墾丁海域，我發現有個潛水員手持探棒四處戳呀戳，不管我潛得或快或慢，總有隻探棒揮舞如劍。沒有東西的沙地，她要戳，戳到沙子翻騰；疑似有物之處，她也戳，戳得掠奪。

人在水下，裝備配色大同小異，又覆蓋全身，臉有面鏡，口有二級頭，要辨識出誰是誰，需要一點專注，我潛了兩次，確認這名探棒劍士就是土匪姊。也就是那一天，我決定喊土匪姊為土匪姊。

所幸，南部不是我慣常活動的潛點，和土匪姊的緣分到此為止。

直到今日小琉球再相見。

聽完潛水簡報，大家低頭做最後確認，輪流入水。船上人不少，遠方的遠方有颱風作浪，三步到底的甲板走得人們搖搖晃晃，既要留意腳下已化作蹼的蛙鞋，還要在浪花擺動間穩住下盤，不讓背後的氣瓶左右衝撞。兵荒馬亂之際，我丟失了土匪姊的身影，下一次再見，是水層之間。

這次下潛，土匪姊沒有帶探棒，而是帶著剛學潛水的學弟。新手浮力控制不佳，有時潛得太低，深度超過本次潛水計畫，土匪姊拎拎他氣瓶；有時浮上去了，土匪姊設法讓他下降，避免快速上升造成身體損傷，一路游游停停……守到後來，覺得自己好好笑，面對一大面白牆，卻想盯出一個黑點。深呼吸，把目光放遠，把心放回身上，大深度的小琉球海域，應該有更值得關心的東西。

潛水結束，我們上升，一行人在海面等待船隻靠近，依序卸除蛙鞋，攀梯上船。風浪愈來愈大，當我終於把氣瓶塞回船上的坑、脫掉ＢＣＤ，已暈得沒有辦法講話。接過潛伴洋蔥遞來的乾毛巾，走到右舷無人處，狠狠吐起來——知道自己易暈，除了暈船藥不會進食，但腦袋依舊支持胃排除所有體內物質，連帶某些感官，也被層層剝落。

我縮在角落，在海風下緊捉著蓋在頭上的毛巾。它接觸髮上與防寒衣上的水分，變得又濕又冷，卻固執地以納百川的善意，吸食噴濺翻飛的海水。我想要離開船舷，擔憂寒冷傷身，影響下一趟潛水，偏偏不敢輕舉妄動，怕溫暖使暈眩再次活躍。

顫抖不已，到了不得不回應生理的地步，我起身，扶著牆走向船艙，想取保溫瓶喝一口薑茶。還沒有走到，正在聊天的洋蔥注意到了，瞄我一眼，立刻彎身從網袋裡翻出保溫瓶。我一面抖，一面接過，緊閉雙脣，定定回望他一眼，權充感謝。

這一眼，使我不經意瞥到土匪姊。

土匪姊也暈船了，癱在位子上，毫不掩飾。

我緩緩蜷回右舷，試圖把自己縮小，不想擋船員的路，不願其他人看見我。這份淒慘只要一個人知道就好。腦袋嗡嗡，意識飄散，白牆上的黑點再度盤據。原來，土匪姊是會暈船的人，正和我一樣經歷生不如死。原來，我從沒有想過土匪姊會暈船，因為我根本不在意她揮舞探棒以外的時間，會是什麼模樣。

返回港口，早早爬梯而上，我蹲在碼頭邊享受水泥地的熱氣與穩定。土匪姊的一舉一動盡收眼底，卻不再有嘩啦啦的氣勢，可能因為她很暈，可能暈的是我。這一艘船，就我們兩個倒下。

很奇怪，輪到土匪姊要上岸時，我的雙腿不自覺挺直，在無人發現她需要的時刻，走過去給她搭把手，扶她上岸。

這一刻，最能明白她的人竟是我。

我一邊扶，一邊笑，心裡想著，那好吧，從此以後改叫妳土匪姊姊。

○

離開港口後，洋蔥和我一塊走回民宿。腦子漸漸從暈眩的狀態裡恢復，問他當時怎麼一眼就知道我要什麼，洋蔥想了想，答：「看妳的樣子，猜想大概是這樣。」

猜想、大概——他總剛好知道我要什麼，即便是我自己都不知道的時候。

洋蔥是我「看長大」的潛水教練。由於怕生，我花了很長的時間才終於成為一名會穩定參加店裡活動的潛水員，而在這同期間，洋蔥則正走著教練之路。

第一次相遇在美豔山入水口，我躲在帳篷不起眼的角落，把裝備從網袋裡一一取出，耳邊掃過其他潛水員笑鬧的聲音，心裡則滿是自己的聲音：不要怕，不要熱切地湊上去，只要再撐一下，再一下，等入水了就好了。

「還好嗎？」一名黑黑壯壯的男子把手揮進我的視線。

看上去很親切，不過仍是個陌生人，喉嚨不自覺收緊：「嗯，都好。」是認錯人？為什麼要跟我打招呼？

男子發出一陣乾笑；我想，我一定把心聲滿滿寫在臉上。

對話比氣泡上升速度還快地結束。基於禮貌，我等他完全轉身才收拾視線，卻在對方細微的動作裡，恍然領悟剛剛他是特意關心一個使盡全力隱匿自己的人。我盤算是否要朝還有一絲絲燃燒機會的火苗吹去，可是深吸一口氣，啟脣兩釐，又懷疑自己早已錯失機會，不如再次無聲潛入著裝的動作裡。

剛開始參加活動的夏天，我總是冷，總是在等大家都不說話的水下時光。唯一的例外，是約上一些對潛水感興趣的朋友——通常不是很熟，僅知道彼此為人良善的那種——前去體驗。那時的邏輯是這樣：陌生的潛水圈配上頗為陌生的朋友，恰恰能帶來正面效果，藉著對朋友說明等等會發生的事情，不但能很好地填補對話框的空白，還可以迴避教人倍感不適的團體氛圍。

與洋蔥初識的那天，是我第一次孤身赴會。謹慎記下男子的臉，於事後推理出他正在考或剛考到潛水長，即將成為一名教練。我們之間只有三個字，又好像遠遠超過那三個字，我很清楚自己是被照顧的，但為什麼呢？明明放在那不管也是可以的。

下一次遇見洋蔥，是潛水團春酒，我與後來入坑的好友、店家常客和兼職教練們分到一桌。同桌的洋蔥很快被隔壁桌喝得醉醺醺的老教練纏上，後者滔滔不絕分享自己的經驗，講古百年前；五分鐘過去，十五分鐘過去，三十五分鐘過去，沒有人知道怎麼解救他。最後是一位商場經驗豐富的潛伴出手，先喝兩杯向酒借氣，再對老教練說：「哎呀教練不好意思，換我們弄他了。」老教練呵呵呵地離開，洋蔥坐下，長舒一口氣，掏心掏肺地道謝。自此，我趁亂算上與他有些交情。

接下來我們常在海邊碰到，洋蔥多次帶我朋友體驗潛水。其中，有一位很熟悉野外活動的朋友，大概對他來說一下子跨入不同介質的挑戰太大，所以上岸就像被外星人綁架又放回來那樣眼神空洞、問答遲緩，講什麼都點頭，也都沒有正確回應；水位高時，他急著脫去面鏡，用熟悉的眼光看世界，水位低時，他堅持不脫去蛙鞋，緊捉每秒機會擺脫海洋。洋蔥注意到了，哄他戴好面鏡，請他站定，為他脫去兩腳蛙鞋，應對徐徐如風。

我偷偷觀察這一幕，心裡忍著羨慕。菜鳥時期，最怕岸潛結束過碎浪區，不論浪來時的拍打，或浪去時的抓力，對疲憊的潛水員而言都是壓倒駱駝的最後一根稻草，腿一軟便立刻滑落海中，沒滾三兩圈不會停。剛考到初階執照的第一次潛水，我對海的認識仍停留在海水浴場的程度，想不到水淺之處需要提防。等明白該出多大力氣對抗，人已墜入滾筒洗衣機，耳邊盡是教練氣急敗壞地吼叫：「站起來！站起來！站起來！」那位教練平時很溫和，因此我不是透過環境掌握當下情況的危急，而是經由他的語氣；等他冷靜下來，終於想起憤怒不能解決問題，意識到我不是覺得好玩才滾來滾去。此後，只要過碎浪區，腦中就會響起：「站起來、站起來、站起來……」

如果說開車有所謂的車品，潛水可能也有潛品，而洋蔥就是表裡如一的那種。暈船的翌日，我吃了雙倍藥，在海面等大家集合時渾身輕飄飄的，一點也不怕浪。我喜孜孜地衝著洋蔥笑，正舉起相機要記錄，便從漂移的線圈驚覺自己太過急著下水，居然沒有穿好BCD，犯了一名有經驗的潛水員絕不該犯的錯。

臉上還是剛剛的笑容，眼神已轉為驚慌，著急地在身上摸索，「我忘記扣扣帶……」守在一側的洋蔥，忽然用非比尋常的溫和口吻對我說：「妳的BCD有跨帶，我不方便幫妳穿。妳慢慢來，我等妳。」我愣愣地看著他，彷彿被按下暫停鍵，腦海開始回放學過的處理步驟。

跨帶在浮力幫助下脫逃，好不容易捉住了又覺得扣得太鬆，怎麼調整都不滿意。我深知正與眾人共用一份時間，內心好急，也好氣。再度看向洋蔥，投諸懊悔，卻見他用雙手作水槍，朝我迸出噴水池的花樣，像在逗小孩。很奇妙的，這種平常絕對唬不到我的招式，驀地轉移了所有焦慮——沒有比這個更好的安慰了，當眼前的人對你放心到在玩水槍，還有什麼理由自我懷疑？

警報解除，那趟潛水很順利。問洋蔥怎麼想到這招，他說平時教國小生游泳，算是必備技能，「小孩很難保持專心，要想辦法吸引他們的目光。」我心中浮現初相識的場景，此刻的他，不僅進化到一個眼神、一個臉色，就能掌握其他潛水員需求，還能給予適當回應。

……為什麼要打招呼？明明放在那不管也是可以的。

曾經有過的困惑，跟著那段記憶一塊自沙底翻攪上來。我想，現在我能給出答案：「為什麼不呢？雖然可以不管，但明明也可以管、明明也可以成為朋友。」說到底，我其實一直不允許任何人以任何形式愛我吧？

不論身處何處，總在尋找每份善意的原因，從不相信自己可以就是那個原因。我是害怕同類才逃到海裡，卻在異類的世界裡收下最多同類的愛。所有以為的「不得不」，並非源自生理，而在校準心理。接過保溫瓶、遞出自己的手、反握住一雙手、回應他者眼神，不單單是生理需要，也是心理需要，且更需要接受那個需要的自己。

直到那一天，我才發現我是想被關心的，也是想關心人的。如果不太麻煩，碰上我暈船時，請拍拍我的頭，說你知道我很努力；如果不是太可惡，碰上探棒劍士遇難，我也會上前拍拍他的頭，說……嗯，先別管說什麼，我要拍得稍微重一點。

註——BCD（Buoyancy Compensator Device）浮力調節裝備，又稱浮力調節背心。以氣囊、充氣閥、排氣閥、防爆閥等組成。

那些被我折騰的潛水教練

潛水的世界有各種手勢，最常比的是「ＯＫ嗎」，沒狀況的人會回ＯＫ，有問題的則指指問題處，手心向下、張開五指，如船一樣擺盪。比耳朵，代表耳壓平衡有問題；指裝備，代表裝備哪裡怪怪的。而此時此刻，我好奇有沒有一種手勢，可以向人埋怨：「為什麼海流這麼強？」

看不見的力量擋住了去路，我們愈游愈退，本來在腰間的雀鯛來到了眼角。我一邊奮力敞開雙腿蛙踢，一邊不受控地對雀鯛敞開腦洞，幻想將來有天他會告訴他的子孫，那次逆流而上多麼想放棄，但有隻大魚甩著又笨又怪的鰭鼓舞了他……我想像所有細節，想像雀鯛孩子感動的表情，然後，體力虛耗，人更喘，腿更軟，不意外地掉出潛伴們的隊伍。

押隊的Leo游過來，打手勢問：「OK嗎？」

更努力一點踢，好像是可以踢出這個結界；但如果比OK，他以為我超級OK，瞬間游走怎麼辦？考慮兩秒，我比出課本裡沒有的手勢——舉起左手，在額上揮汗。Leo愣了一下，接著便消失。下一秒，我背後湧出力量，氣瓶變成火箭筒，咻咻咻地前進，輕鬆越過海流。不過，雀鯛傳家故事裡的主角，也從那刻起變成Leo。

Leo是教練，這次菲律賓Southern Leyte潛水團的領隊。給教練服務成這樣，實在無恥。幼稚園畢業後，我再沒讓誰這般推著走，可這趟行程中，廢即是我日常，而與此相對的，則是Leo的輝煌。

Leo平日過著夜貓子生活，但在帶團的早晨會去敲響每間房門，提醒大家起床著裝；中午兩支氣瓶後在船上用餐，人人餓得像雛鳥，脖子和夾子都伸得老長，他卻等所有人用得差不多，這才伸手拿盤子；到了水面休息時間，我放空打盹，他這邊聊兩句，那邊關心一下，還不會忽略船家，稱讚人家飯做得好吃；入夜，有團員要聊心事，他奉陪到底……單單「優秀領隊」四字已不足以形容Leo。一樣一天三支氣瓶，傍晚六點前結束所有活動，我被照顧得好好的，還是覺得橫豎沒睡飽，幾乎自憐起來，度假度成這樣，根本偉人。

可惜潛水圈的偉人榜競爭非常激烈。旅行第二天，我吃著早餐望著窗外發呆，看見當地潛導們來來回回把氣瓶運到船上，猛然想起Leo曾說過，潛水後不能好好休息很傷身，這群潛導卻在我們開心時陪伴我們，在我們休息時準備氣瓶、整理裝備，一刻不得閒。他還提到，「我和他們握手時，發現他們的手異常冰冷。」那是菲律賓的四月下旬，正午；儘管參加潛水團如同陸地旅遊團，費用內含服務成分，接受善意並無不當，但看著這群水下強者搬運我等等要用的氣瓶，有種後輩給前輩服務的不自在。

在某些學習環境裡，做學生的常需多負擔一些，可潛水對許多人來說很吃力，光顧好自己就能減少他人負擔，教練們對學生大概也不期不待沒有傷害吧。

○

記得有次向 Tej 教練訴苦，前一天加班到很晚，還要五點起床潛水，哪裡是正常人周末的樣子。他淡淡笑、淡淡回：「我早上七點穿上防寒衣，晚上七點才脫掉。」我一時語塞，讀出一句話背後的二十四小時：在天天突破史上最高溫的盛夏，他們穿著長袖長褲三毫米防寒衣，背上所有重裝，甚至是體弱學生的那份，一次次走過沒有樹蔭的海岸，一次次潛入鹽水，面對學生各種狀況。上岸後，這批學生離開，下批有執照的客人來了……等大家都心滿意足地回家，教練們脫下濕了又乾、乾了又濕的防寒衣，清洗所有裝備，最後才是屬於自己的時間。這時候，一天已經過完十六個小時，自己的時間就是睡覺時間。

潛水相關的工作勞心勞力不說，往往密集在一年中的某幾個月，學生帶來的成就感真夠療傷止痛嗎？

和Tej還不熟時，曾跟他的團去墾丁夜潛，看珊瑚產卵。那晚潛水員非常多，出入水皆需排隊，陸地到海洋的小徑，被手電筒映得像廟埕。

然而，縱使有光，潛水員面孔依舊模糊，裝備相差無幾。我幾次和潛伴散了，發現她就在隔壁；幾次和潛伴碰頭了，驚覺那不過是同款蛙鞋的路人。最後乾脆只跟緊Tej了，他心細，拿著雙色手電筒，身上別著綠色小燈，在混亂詭譎的海域裡自帶亮點。

Tej把我們兜這兜那，又是找釋卵又是數人頭，算算時間差不多，才把他的羊群帶離夜店產房，然後自己守在小徑上，叮囑大家的腳步：「走這邊，這邊比較好踩。」「來，小心腳步。」

沙石凹凸，藻類滑溜，這是今天的第四支氣瓶，裝備浸得很沉很濕，疲倦捲在心上身上嘴上。向著陸地的路，只剩Tej的聲音。

我眼睛盯著地，經過他身邊時微微抬頭，輕輕拋出兩個字，「謝謝。」

「妳在跟我說話嗎？」他愣一下，問。聲音好像月光。

我暗自笑了，心頭暖暖癢癢的。下海實在太狼狽，很多時候接受幫助沒有餘裕道謝，好在今晚月亮收到了他的感謝。

○

學生看教練，姿態都是仰望的。我有個朋友大大Leo八歲多，課後大聲宣布：「一日為師，終身為父，從今天起你就像我爸爸一樣了。」語畢，立刻厚顏稱其為父。

這種視如父母的心態不少人有。菜鳥潛水員某種程度上是沒長大的孩子，看自己父母的一舉一動，都和看神沒兩樣，而我還有好幾次被神救援的經驗。

印象最深刻的一次，是取得執照不久後。那時對諸多技巧不熟悉，尤其懼怕「面鏡排水」；透過灌一點海水到面鏡內，再以鼻子吐氣排除積水的技巧，被我做得完全相反，整副面鏡盛滿了水。儘管試圖解決困境，卻愈做愈手足無措，愈做愈萌生奔回陸地的恐慌……哪怕只有一下下，拜託讓我拿掉這些裝置呼吸！

大概再一秒，我就要不顧生理風險往上衝，可是Ian教練注意到了，游過來，舉起他的魔法左手，用一個動作讓我停下來。接著，他眼神穿透海水凝視我，要我信任他，並拿起備用二級頭，放在面鏡下方，一口氣把積水排出。瞬間，眼前的道路與人生的道路都清晰了起來。

這故事深埋我心底，沒有告訴過其他人，直到多年後某趟潛水之旅結束的夜晚，大夥在餐廳聊天，Felix 教練提到自己有天走在路上，突然被一名女性拉住，激動地嚷著：「當年就是你幫我在海裡解除抽筋的！」他笑道：「原來她是我當潛水長時期的客人。一面之緣，加上處理過這麼多海下狀況，怎麼可能記得？」我馬上端正坐姿，娓娓道出往事，很有共鳴地回應：「我們不會忘記救命恩人的。」

既然涉及救命，自然也難免有心動時刻。有位已婚的朋友去考初階潛水員，事後「心有餘悸」地告訴我，「吊橋效應是真的！所幸我仍十分愛我先生！」我笑了，沒追問過程發生什麼事。反正，對教練來講沒什麼的東西，常常是我們此生第一次，還可能極其戲劇化。

說起戲劇化，不能不提我在菲律賓Malapascua碰上的那位。

那日天未亮，我倆便出船去尋長尾鯊。下水前，他做了每個教練都會做的briefing，但當半小時的潛水結束，他浮力袋打上海面，等待船隻過來的時候，卻突然笑容燦爛地說：「Leliana，我真的很喜歡很喜歡妳，妳覺得菲律賓人跟台灣人有可能在一起嗎？」

那段話他大概重複三五遍，重複到我再錯愕也聽得十分明白，並且吃驚：在剛剛那段沒有任何言語交流的氣瓶時間裡，他內心起了何等變化？不過，比起吃驚，當前更急迫的問題是海面浪好大，我的ＢＣＤ雖然充飽、提供不致溺水的浮力，口中卻狂吃水。於是，我吃驚吃水吃力地朝他露出甜美微笑，完全忘記可以把二級頭含回口中，一心忙著含糊應對。耳朵聽見的是：「妳覺得我們應該在菲律賓生活好，還是在台灣生活好？」內心想的是：「只要還沒平安上岸，你說的都好。」

終於，船來了，我方方面面脫離險境——回程暈浪吐得面目全非，什麼遠距離戀愛的事，對方一個字也沒再提過。

海陸護身術

我與陸地友人S曾短暫學習搏擊。某天，師父說時候到了，要來傳授「護身ㄉㄠ法」。S聽見的是一聲，想作「護身刀法」，不明白為何從徒手變持刀；我聽見的是三聲，護身導法，覺得大概要結印持咒，有點酷。

但正解是「護身倒法」，一種倒下去較不傷身的技法。練習方式就是一直倒一直倒，無刀也無咒，有點失落有點痛。

類似事件，多年後買防寒衣時再度發生。那日向S盛讚防磨布材質多麼適合我這樣磕磕碰碰的初學者，他臉上的神情卻很古怪。

幾天後，他謹慎地問：「你們在水下要防什麼魔呢？」

我非常吃驚地看著他，原來在他的想像裡，我一直是穿著「防魔布」潛水的。

頂尖中性浮力

在第一百零八遍確認Felix教練不會罵我以後，就報名了頂尖中性浮力課程。

頂尖中性浮力，以絕佳的技巧使自己保持在不是負浮力也不是正浮力的中性浮力，自在地漂浮於水層間，使用較少的空氣，達到下潛與上升，並停留在想停留的位置。上課內容大多是十年前學習OW（初階開放水域潛水員課程）、AOW（進階開放水域潛水員課程）用一行帶過的動作，如今一一放大檢視、要求……聽到後來，覺得自己連基本的呼吸和蛙踢都已經搞不清楚了。

但這就是課程。

自己主動報名的課程。

知道我想在海下做得更好，除了基礎教材外，Felix也援引部分技術潛水的內容。「我們稱這堂課為『美姿美儀』。」他一邊伸長雙臂擺動，一邊分解動作，熟稔地念出Helicopter Turn（直升機旋轉，又稱原位旋轉）、Frog Kick（蛙踢）、Flutter Kick（自由踢）、Modified Frog Kick（修改蛙踢）、Backward Kick（倒踢）……一個音節一個音節從他口中滑出，我在跟上與落後間徘徊，彷彿教室蔓生出北美太平洋的巨藻森林，以為就要搆上他潛技末梢的末梢，卻是一恍神便迷失其中。

有些古怪地，腦海分心浮現的，是六年多前剛接編輯工作的畫面。那時的我對投稿者過分嚴厲，前任主編請我閱讀一批稿子，選出可留用之作，我依自己過去的經驗，幾乎想統統退了，以為世上只有不須更動一字的稿子才有留用資格。工作半年多後，逐漸了解閱讀文稿的眉角，明白該如何協助創作者；當然，也有僅是明白必須妥協的時刻。

在這其中，偶爾我會忍不住，抽空寫一封信，提醒常留用的投稿者應更注意標點符號的使用，或是想想同一句話還有沒有更精簡的寫法。我以為這是好言相勸，但最近收到一份稿子，對方以詼諧筆調寫他經歷兩任編輯的感受，給予我的描述是：「不但經常寒暄問暖，鼓勵我多參加徵文，更曾嚴肅地指正我某個標點符號的誤用，讓我的作品更專業。」我記得那封信，記得自己特別注意了用詞，沒想到依然留下嚴肅的形象。握著滑鼠，腦海空白了幾秒，最後選擇自我安慰——文字本難以完整傳達語氣，加上編務繁忙，或許那時確實是委婉不足，幸虧這位作者沒有往心裡去，還拿來當寫作題材。

回憶起來，因此失聯的作者恐怕不少。多數時候，我習慣以機器人式的官方口吻通訊，把精力用於其他版面工作，但有些時刻我會特別對一些作品或作者給予進一步建議。我把這一份時光看得很珍貴，雖然不見得能在壓縮的時間內百分之百傳達心意，但盡力為之，且盼望它能為這位創作者帶來點什麼——那些時候，我會從機器人的身分登出，重新長回血肉，讓鮮紅的心臟跳動，回應對方書寫時的真誠。而回應後，我再次登出，刻意不記下過程，懼怕自己真以為給了對方什麼珍貴的東西。我很清楚，再珍貴的事物都會於通往對方心底的路上一點一滴地逸散，終至無存。於是，便出現失聯的作者，請他修改幾次後，再沒有來稿。

編務深似海，絕非託辭，可我仍不時想起這些人，每次喚醒，內心就有種說不出的難受，懷疑自己的善意，只是鋪滿他人路上的碎石。我是被前任主編雕（刻）出來的，打從心底相信細節的重要，也真心喜歡。然而，當我身在頂尖中性浮力的課程裡，試著了解雙腳穿上蛙鞋後，每次的踢動原來可以有那麼多變化、因應那麼多情況，那一次次的蛙踢，比起精進技術，就更像人生的當頭棒喝。

不知道那些蛙踢的我，至今也潛超過百支氣瓶了。我曉得前輩們都很厲害，但我不知道同潛一片海域，他們連移動都是有系統的；潛徑不經意間的水痕，就好像我書寫時遍生於文章中的標點。

為了提升作品的可看性，曾有段時間我專注於觀察他人如何運用標點符號：為什麼作者這裡使用逗號不用頓號？為什麼他偏好頻繁的句號勝過分號？而我在這段用了分號，是因為它比句號讀起來多一絲綿延嗎？這一絲綿延，可真有更貼近心中所述？很可笑的，追究這些細節大概有百分之九十七是自我滿足，他人來看，不論專家與否，都很難體會那被加減的〇．一分；可是，細雕之趣便在此，當事者真能感覺得到每次乍看徒勞的雕磨，終成就出一份自我成就的美好。

相當於標點的頂尖中性浮力，倘若沒有要細究，我仍會是一名休閒潛水員，隨著摸索，要不緩慢進步，要不就此停滯，儘管可能不太滿意自己的姿態，但不影響品嘗每一支氣瓶的愉快。可是我卻有不小的機率，剝奪了某些人這樣潛於文海的喜悅。

我問Felix，帶了這麼多學生，他能看得出誰想要成為教練、誰想要精進技術、誰只安於當個全然休閒的潛水員嗎？他很快地舉了幾位朋友為例，以及他分別為他們準備怎樣的課程和要求做到什麼程度……我雖非專業教學者，但聽著聽著就自省起來：如果人家沒有想成為教練，何必去刁（難）那些細節呢？人家就是寫了抒發，我強授蛙踢一百式，不就只是讓人家連踢都不想踢了呢？不下水最快。不寫稿就無事。

潛水是面對面的教學，能得到許多來自肢體的情報，和透過書信與文章接觸的編輯台有所不同。雖不同，創作者畢竟也是交託了不會輕易洩漏給他者的心事，儘管要看出每位作者欲自我追求到哪一步很困難，我依然不想輕易逃避責任——沒有藉口的，我和自己最害怕的、會在海面大吼大叫的教練，其實距離不遠，都是那麼急著傾囊相授。一百零八遍的保證，真正探問的對象是自己。

在這堂學科課以前，我曾數次隱隱感受、暗暗反省過去待人不夠柔軟，但倘若此刻再問是否已掌握力道，明白要求到什麼程度是合理的，我只能回答「還在學習」——啊，學習好煩，哪個領域的學習都好煩，都沒有止境，還常常伴隨反省。

反思己過的感覺很差，那天下課我喝了點酒。早上醒來看著桌上的頂尖中性浮力課本，心生一股煩躁，明明講的是海的事，我也只想學海的事，為什麼頂尖、中性、浮力三個詞，會不斷地與陸地連結、與自己連結；我是想逃到那裡的，終究被捉了回來。

很討厭，卻仍舊想做好。想要做好的心，真是比什麼都討厭。

完美倒踢

閉上眼睛，想像自己此刻的模樣，我低淺地擱在水中，小腿勾起，依循記憶裡前輩的Trim position，微調四肢。

氣流從口腔進入喉頭，意念帶領它抵達肺部、心窩，枝狀擴散，沿肩膀、上背、手臂，一路來到下背、腰、腹、臀，拉動大腿與小腿，凝結在蛙鞋上，盈盈通透。睜開眼睛，腦內傳遞明晰訊號，「腿外伸，腳尖下壓，向小趾處滑出去。」動作俐落呈現，好似沙上貼著舞台標籤，而我沒有浮力只有篤定，維持前臂的延伸，輕易將鞋尖移到它應當的位置。

深藍色的Mew Cypher，以它偏硬的龍骨與軟蹼面，為我切水、劃水，左右開出半個圓，那麼強勁，卻也那麼淺那麼輕地被溶斂，化作一線，所有氣力統統收束為一個漂亮的Backward Kick。雙眼閃爍不輸給海洋的光芒，我有點得意，曉得自己觸發了潛技裡深層的那塊，所有緊繃的、放鬆的皆帶著意識，裹住恰如其分的浮力，沉著地違逆慣性，表達自己還有更多可能的方向。

這是頂尖中性浮力課程的第二支氣瓶，我們練習三種蛙踢，其中一項是倒踢。它並非常見動作，但對於喜愛水中攝影的人來說，倒踢能協助我們在按下快門後，用小小的轉圜餘地完成撤退，留給海洋生物與下位攝影者一方清淨地。

知道什麼時候該退開一步，是一種本領，能做得到，又是更大的本領，這些無論在哪個世界裡都一樣。有趣的是，為了達到那樣的境界，領略其中心得的人們，總教導後輩從呼吸開始。許多個夜晚，我或坐或躺在自己的床上，進行COB練習，它的三個字母分別代表三樣我已擁有但尚未充分發揮的能力——Concentration, Observation and Breathing，也就是專注力、觀察力與呼吸。每一項有三個課題，初始與冥想十分類似，放掉思緒、放注意力於吸吐之間，而後漸次通往不同目標。

在「專注力」的項目裡，我被要求編寫事件，預想身處某一困境，再提出解決方案，鍛鍊大腦在負面情況下做正向思考的能力。「觀察力」的修習中，要一面感知周圍一切有用的、無用的訊息，一面減少心靈的過度活躍，持續覺察現況。至於「呼吸」，起先與熟悉的身心活動相仿，放鬆地以自己的節奏進行腹式呼吸，後則氣集丹田，全神貫注，使之通往各處，但不能以任何力量干預……抽象甚至有點矛盾的概念，把人兜得團團轉。

專注力、觀察力與呼吸的三乘三九道關卡，還令我想起初學潛水的時候，想像力的價值一再被課本強調，認為即便只是於腦內模擬動作，都有可能帶來具體的進步。相隔十年，這份想像力重返我的航道，讓身體實現了腦海不斷演練的、完美的Backward Kick。儘管不全然明瞭，那電光石火間的實踐，似乎與ＣＯＢ練習隱隱有著某些共通點，只是我尚未掌握。

接著，我再度執行數次倒踢，一遍遍在水流裡劃下更深的刻痕，可是沒有一次重現了那明快的、水平線上的Backward Kick。我上飛，像一尾擬烏賊；我低伏，用臉去犁田；我在線軸拉出的區域裡反覆後退再後退，左右盡是好奇的魚。

人因意志而前進，其形象總是鮮明熱血，但學會前進以後的人生，合該學習倒退，它絲毫不比奮勇容易；走得太高尚了，會飄離心的深度，趴得低矮了，會損傷顏面，修習是自己一個人的事，偏偏容易引來他人圍觀。

許多個夜晚，我或坐或躺在自己的床上，進行ＣＯＢ練習。Trim，你只存在於海中嗎？有沒有可能也為我帶來陸地上的平衡？

註——Trim position目前尚沒有中文稱呼，多半是指「身體打平、小腿勾起、保持中性浮力」，網路上有潛水員進一步探討這個詞，有興趣不妨找來瞧瞧。

海下煙花

那回的潛點是沙地，非常考驗技巧，但潛伴和潛導都不嫌棄，我也努力避免揚沙——揚沙，潛水員的噩夢，輕則黃塵滾滾，重則隱天蔽日，十足世界毀滅之異象。

期間，我們一度遇上其他隊伍在拍攝，潛導特別指示我不要過去，接著做出「煙火」的手勢。潛水手勢很多種，這個還是第一次見到。但海下哪有可能放煙火，還是他們在拍什麼會做出煙火般效果的生物？

我很好奇，記下後上船與潛伴討論。大家想了幾種魚蝦蟹，最後決定直接問潛導。

「喔，那個。」他定定看著我，再度做出絢爛的手勢。「那是在告訴妳不要過去，妳會揚沙干擾人家。」

通往海的路上

這一兩年常跑外縣市，一來疫情不能出國，北部人若想在夏季以外的時間潛水，勢必得往南部和離島跑；二來自去年起，陸陸續續接到各處海洋講座邀請。

走在通往海的路上，經常發生一些有趣的片段，下面要說的，就是那些時候的故事。

○

五月的某天，我回花蓮東華大學，與學弟妹分享畢業後的種種。由於非周末假期，普悠瑪上的人非常少，我一邊複習等等要講的內容，一邊欣賞窗外風景。忽然，這閒適的氛圍被一位大叔冒昧打斷，他先是一屁股坐下，隨後親熱地將身體靠向我。

普悠瑪的站間很長，理論上不會有人這時候進入車廂，我滿心納悶，看了看這位先生，他低著頭，緊緊注視我的連身褲，手還微微碰到大腿，說：「妳這件褲子……」每次要以講師身分上台，我都會找出適合該場地的服裝，希望既不脫離海洋感，又足夠莊重；連身褲好看到陌生人要來攀談，用最友善的眼光來看，好像不算太奇怪的事，但為什麼要如此貼近我呢？

略為挪開身子，我決定在呼救之前再給他一次機會，清晰而緩慢地開口：「你，是不是認錯人了？」他停了一秒，好像在消化字句，終於把雙眼從大腿移開，來到我臉上，接著整個人退開，倒抽一口氣，支支吾吾地說：「對不起，我，對不起……」我笑了笑，說沒關係。他張望了一下，被前座的女性認領回去。原來，是坐錯位置的。

事後，我觀察前座女性，儘管我們因為疫情全戴著口罩，可是我一身紫藍、她一身桃粉，怎麼會認錯呢？更絕的是，從後面對話中，我聽出來他們是父女關係。

○

對服飾沒有研究的人，要分辨出兩套衣服差異或許有一定難度，網路各大版上經常可見為此拌嘴的情侶們。不過，爸爸認錯女兒，同路那麼久，連她穿什麼顏色的衣服都搞錯，我忍不住揚起壞笑。

這讓我想起另外一種奇妙的狀況：潛水員的裝備大同小異，但為了那丁點小異，大家還是各顯奇招。我的方式比較尋常，盡可能將面鏡、防寒衣、蛙鞋等明顯物件，買成同一色或相近色系的，若碰上初次搭檔的潛伴，便告訴對方：「我是紫藍色的。」而對方多半也會指出自己最好認的特色：「我是藍綠色。」或「我全身黑，只有蛙鞋是紅色。」

我尤其記得那位紅蛙鞋少女，兩人同潛三天後，說來也算是某種生命共同體，未料再隔一個月於潛水展上碰到，她完全認不出我，還以為我是另外一位潛水員的女朋友……聰明人就是聰明人，她話鋒一轉，立刻說：「啊，妳知道的，女生在陸地上都會變美。」好吧，若是這個緣故，我欣然接受。

相似的奇妙，還會出現在與教練互動時。春季，店家會約一團春酒，幫大家因冬天而冷卻的感情增溫，也預告潛季即將開始，期待與眾人在海邊碰面。那頓飯通常很有趣，可以欣賞教練與消費力驚人的熟客、常配合的品牌廠商，喝得爛醉如泥、胡言亂語；因為我的工作環境沒有什麼需要喝酒的場合，每次去春酒都當作社會見習，他們很符合我小時候對「大人」的想像，儘管我現在也是個大人，依然從中感受到「哇」和「轉大人」般的驚喜。

這也是少數可以欣賞教練們不威風的一刻。平常多有麻煩他們的地方，內心存著敬畏，此刻不但距離拉近了，偶爾還能幫忙，比方說拿裝著麥茶的杯子給他們魚目混珠，或是在他們巡桌時幫他們加冰塊，減少酒精的攝取。

總之，那頓飯後不久，我與好友在春末和教練約上課。那個受過我「恩情」的教練，當時和我「交換過眼神」的教練，見面第一句話，竟然是「妳頭髮長長了」，隨後比了一個我去年春天的髮長長度，似乎這一年間不曾見過我。

要外人記住自己的變化是不合理的，我很有禮貌地把震驚放在心底，拿出課本上課。期間，教練開始講浮力，講我們使用的潛水裝備也有分正負浮力，而那又會怎樣影響我們的中性浮力。

說著說著，他停頓一兩秒，像在回憶什麼，劈里啪啦報出一串話：「妳的蛙鞋是Oceanic Manta Ray、ＢＣＤ是Aqua Lung Rogue……」一一分析身旁好友的裝備，哪一樣是正浮力、哪一樣是負浮力。然後，他轉向我，又是一陣劈里啪啦的分析：「妳的蛙鞋是Mew Cypher、BCD是Xdeep NX Ghost……」由於潛店工作分配的關係，我和這位教練並不常一起潛水，反而陸地見面次數更多，以記性差聞名於友人圈的他，居然把我倆的裝備記得如此清楚，果然人只能記住自己感興趣的東西。

○

即將抵達花蓮火車站，我腦海又閃現另一個故事。那是求學時期的某次長假，我坐在一位難求的舊車站裡，等待火車到來。

當時的車站不只位子不足，也瀰漫著一股亂糟糟的氣氛，我在那裡碰過酒醉鬧事的，也碰過神經錯亂的。起初會怕，但由於火車常有延誤，後來只要能坐著等，怎樣的大吼大叫根本無所謂。

然而，那男人不一樣。他一直一直盯著我看。

因是長假，我返鄉時帶上了當時照顧的鬥魚小波，將他暫時安放於紙碗中，湯麵般拎著走。大概就是太像湯麵了，那個看起來混得不太好的男人，眼神不曾從我倆身上轉開。隨著時間一分一秒過去，我的內心蔓生恐懼，心想萬一這個人很餓怎麼辦？他會不會看著看著便一把搶走、一口飲下？那時候真是太年輕了，居然怕得動彈不得。

也就在這時候，男子開口了。他深吸一口氣，正對著我，宏亮地歌唱，從丹田出發地歌唱。

他認真唱完那首歌，無視我假裝一切自然，深情無比地說：「小姐，我一看到妳，腦海就浮現了旋律。」那瞬間，我感覺到四面八方的賊意，站內沒有交集的目光，但皆以神祕頻率「啊哈」了一聲，很高興他鎖定住的人不是自己。後面的半個多小時，男子鉅細靡遺告訴我他曾經如何參加歌唱比賽、如何獲得評審一致好評，幾度欲再高歌一曲。

眼見火車遲遲不來，我已黔驢技窮，硬著頭皮在毫無進站廣播的情況下，吞吞吐吐撒謊自己該上車了。男子一臉不捨，提議未來要贊助我念大學、要一起去吃南濱夜市牛排，並將寫有自己名字與生辰八字的紙條塞到我手心。

我當然沒有聯繫對方，只是偶爾撒錢於海時會想起他，想自己是不是活得太謹小慎微，以致錯過了一位好贊助商？

○

雖然不擅長為自己找贊助商，但有幸認識幾位真心的朋友，總是非常照顧我，一有好差事就想到我。某次，趁著這樣的機會，我拖著潛水裝備，抵達新左營高鐵站，準備前往恆春，先去滿州國小做海洋教育，再去墾丁度過潛水假期。

可能我看起來不太像會拿重物的人，不管把潛水裝備塞在軟袋還是硬殼行李箱內、它們看起來有多巨大笨重，根據經驗，出手接過箱子的計程車司機都會驚呼一聲，我也因此學到了要再多提醒一下：「很重哦，要小心。」

不過，那天遇到的司機大哥跟往昔大不同，他反問我：「小心什麼？」

呃，我也不知道，「小心腰？」

大哥臉一凜，喝斥道：「我的腰很好！」

啊，好，不可以質疑你的腰。

我又在通往海的路上學到一件重要的事：小心後面接肝，聽到的人可能會很高興，小心後面接了腰，則可能被喝斥。

欸，我們再來做一次耳壓平衡

我不喜歡我的耳朵。

下潛的時候，要做耳壓平衡，因為耳朵裡面是一個空腔，隨著深度增加，水壓會化作一輛輛衝車，試圖衝撞耳膜這扇門。如何引導空氣，平衡內外壓力，是潛水員要學會的第一件事：捏住鼻子，微微向其鼓氣，如同飛機起降時。

這是最基本的技巧，卻比日後學到的任何一種都教人感覺自己「潛入」水中。在那三米、六米、十米反覆平衡的過程裡，好像不是在疏通，而是一次次的探問。

從厭氧細菌起家，到爬上陸地，再重返水中，不是輕巧的事。有時候要上升一點，從十四米回到十二米，讓環境壓力的緊迫少一點，才能使鼓起的那一口氣厚實一點。也有時候，不管上升多少，耳朵都有耳朵的想法，深究不得，愈是著急愈是心門緊閉。

潛水的時候，耳朵和我是兩個個體。通往耳咽管的路是通往海底的路，我們各自以不同的步調走著；它用疼痛、暈眩迫使我服從，我也有我的蠻勁，別過頭不予以理會。要控制中性浮力，要捕捉難得的畫面，要找出隱藏的海蛞蝓，我的腦海早已盛裝滿滿的聲音。

「大家都去二十三米了，妳也趕緊跟上吧。」

「妳配了四公斤的鉛塊，按一下充氣閥讓自己游得更輕鬆吧。」

「快看看妳的殘壓表，現在剩多少了？」

上岸以後，飽受驚嚇又心有不甘的耳朵，終日以嗡嗡嗡填補空白，聽出去的世界都起了水霧；我更加不喜歡我的耳朵。它總不如我的願。我獵奇地想，有一天我要換一副耳朵，像朋友那樣的耳朵，擁有非常優秀的前庭系統與耳咽管，既可以搭上乘風破浪的小船，也可以輕鬆下潛十來米深。

然後過了八年，來到二〇一九年的夏天。那一天，我們在潛水回程時遇到大雨。非常非常大的雨，大得連二級頭吸吐的聲音都被覆蓋了——我那放棄溝通的耳朵，忽然清楚地把這份聲音傳遞出來。

海裡是有雨天的，那麼盛大地降下。一層層穿透，化入水中。即便是雨，也要經過雲，而我這說走就走的身軀，又是多麼依賴耳朵去協調那份壓力。

再不濟，它們都是我的耳朵。

迷失與逆向

不記得當時跟著什麼生物前進，但記得警覺到必須停止的時候，我已經找不到篝火架設的兩盞燈了。接下來，儲存在腦海裡的畫面，變成第三人稱視角：那一晚，有一名背光的潛水員，茫然而氣餒地止住所有動作，任由沉重的裝備將她拖向礁地，一邊下沉，一邊懊惱地想，怎麼只感覺游了一小段，回頭的景色就全變了？

她應該沒有立刻驚慌，還想弄明白處境。不過，能見度不是很好，多少觸發大腦的危機感，焦慮絲絲攀爬，在心頭生長。潛水員假裝自己沒有受到影響，轉移對這份情緒的關注，讓乾冷的空氣通過二級頭滑進肺腔，身體再度動了起來，尋訪其他光源——應該至少會有一束發自另外四位夥伴，或那兩盞燈。她有六個希望，她要游過去，重新掌握一切。

她注意到左手邊的光源離自己最近，明亮度超過一支手電筒，有機會同時遇到潛伴與燈。於是，滿懷期待地上前探照、確認前方景象……唉，今晚水質太粉，迷迷茫茫，靠這麼近才發現那是一群人的光點，其中並沒有熟悉的身影。

心和身體都向下墜了半米，再往右手邊、較遠處的光源靠去。這一次，依舊是一群陌生人，不但沒有幫助，還使得她更加困惑自己在追尋的路上，到底游去了哪裡？是接近出發地，或是更遠離？海中搜索不似陸地直覺，三百六十度都是方向。換作電玩遊戲，叫作「開地圖」，主角走過的地方才有景物，其餘皆以暗影呈現；然而，現實卻是她成了一簇鬼火，自己以外的都是暗影。

她開始有點害怕。儘管害怕，也意識到此處會紛亂，正因為是潛水員出入必經之地。那麼，她離入水口不遠，可以游回去，誰也找不到的時候，上升是一個選項。

上升一直都是一個選項，她沒有深陷困境裡，不能給黑暗騙了。

就在這時候，上方一盞懸掛的黃殼手電筒朝她而來。那是一支很便宜的手電筒，由於太過便宜，反而較少在潛水員身上看到。她雙眼炯炯，舉起自己的光，照向對方的BCD、蛙鞋，愈照愈興奮，百分之百確認是那四人之一。她揚起小小沙塵，雀躍得用電腦錶責備太快的速度，在逼逼警報聲中上升——下水前，潛伴發現自己漏了一支備用手電筒，她剛好有多的借給她，就是那支小黃燈。果然人平時要做一點好事，最終那些都會回報到自己身上。

和潛伴會合不久，另一位夥伴也出現了，是一名擁有教練資格的潛水員；她這趟雖是作為客人來玩，可是素日為人熱情又有責任感，發現自己意外撿到兩隻迷失的海羔羊，二話不說，低頭查看指北針，打出手勢，決定把她倆帶出水。

我的魂魄差不多在這時候回歸，逐漸能意識眼前的事物，察覺到儘管自己很清楚只要緩緩上升就有出路、篝火的地點向來不會離岸太遠、非常安全，卻被幽暗、充滿懸浮物的水層壓制，在強烈的寂寥裡，回到三、五歲的某一天，一覺醒來，全家人都消失了。家還是那個家，理論上爸媽會回來，可是孩子隱隱認知被遺棄，萬物冰冷無聲。大概因為這樣，即便後來其他潛水員路過，於那時的我也沒有產生絲毫安慰，甚至反為他們手電筒搖擺的光芒，內心暗生晃動的黑影。在這樣的時刻，收集到的每一張熟面孔，成為我的魂魄。

可是，回程並不順利。當電腦錶顯示深度十七米時，我的左耳爆出強烈的疼痛，本來正轉為放鬆的大腦，瞬間繃緊，使我伸手拉住那位資深潛水員。

我有個直覺，我可能正在經歷人生第一次的「逆向阻塞」——一般來說，平衡耳壓只需要在下潛時執行，上升不會有問題，但由於某些原因，氣體未從體內空腔自然排出，還隨深度變化膨脹，造成劇烈疼痛。

事實上，逆向阻塞不可怕，只要馬上減慢或停止上升，再下潛一米，讓空氣從適當通道排出就可以了。不過，這是我的第一次，不確定自己推論正確、不知道全程將花多少時間，擔心氣源不足，擔心就此與夥伴們錯過——會不會再也上不去了呢？會不會必須流著血上去？有那麼一秒，閃過這些念頭。

被一把抓住的資深潛水員眼底有疑惑，但仍支持性地扶住我，並且照計畫走。不，不是那邊，我不能上升——我急得搖頭，一邊捉住餘下所有專注力保持冷靜，一邊思索怎麼精準表達、逆向阻塞的手勢是什麼？同時間，即將炸飛的耳朵大鳴大放，教人焦灼得眼眶發熱。

蒸騰之際，對方竟在不言不語中翻然理解，眼神變得篤定，隨我沉回去，鼓勵我做幾次深呼吸，比出沿斜坡緩上的手勢。內耳嗤嗤嗤地發出奇妙洩氣聲，我與海面的距離一步一步縮短，疼痛逐次下降。當確定是逆向阻塞、確定明確傳達求救訊息，情緒終趨於和緩。

事後，這位朋友告訴我，我們的一位共同友人曾因逆向阻塞造成耳膜破裂，在她看似篤定的當下，藏著深深擔憂，所以密集地向我比OK確認。那夜，我在細心護送中順利上岸，縱使不得不放棄下一支篝火、目送夥伴離開，也沒有留下傷心的記憶。

兩天後，抽空至耳鼻喉科看診，醫師經檢查表示兩耳耳膜塌陷，有轉為中耳炎的跡象，開了抗生素，囑咐三天後回診，期間不得下水。領藥離開，我摸摸耳朵，在陽光下想著一夜星光，想著自己每個決策，想著臻於完美的可能，想著——哎呀，現在我也是經歷過逆向阻塞的潛水員了。

3

回到陸地的潛水員

——每一次的下潛，最終仍須回到陸地；這不單單是受限於生理，也有著心理層面的需要。海洋滋養日常，家庭與工作的陸地生活，則支持了我每一次的下潛。

譚小姐

這些年母親與我住在外婆家，而潛水的頭幾年，外婆一見我收裝總有千萬擔憂。某日，她一番曉之以理、動之以情後，忽然冒出一句新的：「三毛先生就是這樣沒有掉的。」

三毛？《撒哈拉的故事》的三毛？我停下手邊動作，向她確認。

外婆肯定地點點頭，「三毛先生就是這樣走掉的。」一臉不勝唏噓。

為什麼以一種提起故人的口吻稱呼作家三毛？其中可有我不知道的往事？

略做追查，得知荷西確實是因為潛水意外不幸喪生，但他們一家與我們並無交集，是老人家的口吻顯得有一份親密。不過，我會往這方向歪想也非全無緣由——數年前的清明，母親與大舅等人團聚時曾隨興閒談：「溥儒那時是我們的鄰居。」喔，溥先生是吧？那位原名愛新覺羅．溥儒、道光皇帝第六子親王的次孫、末代皇帝溥儀的兄弟……的那位溥先生是吧？不顧我的吃驚，媽繼續說：「我們喜歡去看他畫畫，他會拿糖果給我們吃。」

那一代可真有太多故事壓藏在箱底，光是外婆生於民國十三年，經歷過歷史課本裡的那種場景，我就該知道塵封的箱子裡滿是寶，只是需要一些關鍵字作鑰匙。

外婆今年九十八歲，能自行打理生活，腦子也十分清楚，記得許多事。不過，有幾回我想打聽一些典型的家族故事來寫，卻只換得寥寥數語：「我祖母裹小腳，警報來時沒法一起逃，就把錢捲起來塞在褲頭、藏在裹腳布下，所幸碰上的日本人並不為難老婦。」「大撤退的時候，我們想辦法給媽媽在人力車上弄了一個位置，自己步行離開。沒想到，走了很遠很遠，有個路人告訴我，妳媽媽被人家放鴿子，還在後頭，我又回去找她。」「火車坐不下了，我們就坐在火車頂上，過山洞時彼此招呼低伏。」她擺擺手，露出一種嘴巴乾乾、沒有談興的模樣，不大願意往下說。

我很有經驗，與母親默契地對看一眼，把話題轉向外公，停住她欲起身的動作，再度穩穩地坐回椅子上。外公生於民國八年，在我國中時過世，享壽八十三歲，從此我們一家搬去同住，就近照顧外婆。記憶中的他十分溫和，很有「文化人」的樣子，長大後看那時代的電影，只要是斯文和善的角色，都有外公影子，舉手投足盡是過往知識分子風範。外公喜歡傳統中菜，對東西南洋味皆敬謝不敏，唯獨炸雞例外。他每周和外婆在客廳、臥房各開一桌麻將局，邀請六位朋友作客，而媽媽會在下午準備茶水點心，供他們休息時享用；二〇〇七年，李安導演的《色，戒》上映，那場景我輩再熟悉不過。

外公怕吵，常要我們幾個孩子聲音放輕些——我三十二歲的某一天，望著六歲和兩歲的外甥女在客廳尖叫著爬來滾去，忽然很明白他的心情；那是耳朵上了一趟健身房，做足了一小時的重訓，何況當年客廳裡有我們表兄弟姊妹一共五人。

當外婆想起外公，神情會從九十來歲變成二十來歲。她心裡甜，先講一點少女時代，再講他們曖昧時的點點滴滴，愈講愈心酸，略過大半人生，以他多麼疼她，為什麼就這樣先離去作結。我從事編輯工作八年，讀過不少回憶抗戰和逃難的文章，但少有一份稿子，完全聚焦於自身愛情，所有砲火都只是點綴。

年輕時的外婆據說非常美麗，加上戰爭歸戰爭，百姓日常還是得過，所以好幾次外曾祖母幫她安排了在防空洞裡相親，「我不想去，打聽到他們會去哪個防空洞，等警報一響，就去另外一個防空洞。」以前我聽相聲，只知道有人在自家山腰前挖個防空洞，想既然大半天都得等在裡頭，乾脆弄得舒舒服服，喝喝小酒，吃吃小菜，如砂鍋芋頭、北平烤芽、紅燒乳竹，卻不曉得連相親都能在裡面進行。

隨著一路打一路退，讀中學的外婆也必須照顧傷兵，學校裡讀書的時間愈來愈少，為人包紮的時間愈來愈多。就在他們自南京再撤退時，大舅公卻給日本人抓去當挑夫，音訊全無；外曾祖母急得不得了，無人可問，唯有抽籤擲筊。神明說，不要急，天亮了人就會回來。果然，天空露出魚肚白的時候，大舅公回來了，一家子繼續逃。

未幾，珍珠港事件爆發，宋美齡致電陳納德，要他出任駐華空軍指揮官；難民們聽說貴州是發展重點區域之一，且因較為內陸而安全，大批人馬湧過去。大舅公先在貴州謀得差事，外婆隨後前往，「我一到那，人人都跑出來看。因為我一搭車就暈，堅持後半段的路要用走的，所以大家都想來看看那個有車不搭，非要走路的譚小姐。」

譚小姐也開始工作了，並且很快地注意到，每逢午休時間她從洗手間出來，幾步路外的樹下一定有一個熟悉的身影背對著自己。每次她抬頭，那看似瀟灑的背影就會恰好往前走，彷彿在等她喚他。「欸，沈科長。」她喊，那人回頭，臉上滿滿笑容，反問她有什麼事。偶爾，譚小姐溜回家吃飯，沈科長也會不經意地出現在她家門口。「我問他，你來做什麼？他說，我啊，我也不知道我來做什麼。」這是一句謊話，他倆都知道，沈科長專程來盯牢住她的。

近水樓台先得月，沈科長蓋的樓台真是有夠高，還曉得邀月賞月。有一回，沈科長問：「今晚月亮很圓，躲警報的時候妳出來好不好？」那天晚上警報響了，她仍坐在床上，媽媽見了問：「妳在幹什麼呢？」她愣愣地說：「我在想，我要不要去躲警報？」原來，警報還有選擇躲不躲的；原來，躲警報的時候，還可以趁亂約會。「隔天，妳外公問我，昨天妳為什麼沒有出來呢？

我說，我怕啊，就是怕媽媽知道。」我聽著有點臉紅，感覺晚上會夢見年少的外公。

譚小姐和沈科長都曾有男朋友女朋友，不過那年代的男朋友女朋友和現在不一樣；譚小姐曾說，有回沈科長與她同處一室，沒有把門打開，她氣得一句話也不說，他於是默默地去開門。多年來，在譚小姐的故事裡，沈科長的女友究竟如何，從來不是重點，扁平得只有六個字，出場全為了表達「後來妳外公選擇我」；至於為什麼選擇，譚小姐認為這決策太明智了，無須解釋。

相較之下，譚小姐的男友立體得多，一共出場兩回。第一回，是她一抵達貴州，她哥哥就懊惱地說：「妳怎麼不早點來呢？妳知不知道某某等妳等了一星期，等得鼻子都要凍掉了！」他在霜寒中等了她七天，而她則還要再過七天才會抵達。第二回，在台灣，成了沈太太的譚小姐在街上給人叫住，是那凍鼻子的男人。他凝視著她，目光可能有一絲幽怨，可能沒有，費了好大的勁，才澀澀開口：「我來台灣，就是想忘了妳，你們卻也來到了這裡。」

譚小姐到台灣，是萬里尋夫。

「抗戰勝利後，外公朋友幾次找他去台灣，他便隻身前往台北，說安頓好了接我過去。等他來信，我媽媽實在捨不得我走，又耽擱了幾天，這才抱著妳大舅舅從西安到上海搭船。」一九四七年，譚小姐帶著一歲大的兒子上船，她體質易暈，三天船程沒有一天不吐，吐得沒法照顧幼兒，船上工作人員就輪流幫她抱啊拍啊，到了餵奶的時間再送回去。「我在妳大舅舅棉襖裡縫了一個金鎖片，我猜他們抱著拍著一定感覺到了，但小孩送回我手上，金鎖片始終還在。」

她每天餵奶、洗尿布又暈船嘔吐，萬分狼狽，好不容易三天過去，算算該抵達了。她問：「這要到台灣了吧？」工作人員回她：「什麼台灣？我們還在上海的港口，台灣那邊有颱風，過不去。」

「等我終於到了，他們也沒見過我先生，但看到港邊有個人好開心地直揮手，就問：『那是不是妳先生啊？』我要下船，他們一個個攔住，『妳先洗把臉吧。』我說我不要，我要下船。我抱著孩子下船，外公帶著我從基隆港到了東門，他的表舅媽也來了。表舅媽事後告訴我，她第一眼見到我，嚇一大跳，心想：『沈蘊輝太太怎麼是這副模樣？』等我洗了把臉，她說真真是不一樣。再後來，我見了人，都說我來台灣萬里尋夫，妳外公聽了又得意又高興，一直笑一直笑。」

譚小姐口中的沈科長，和她在一起時只有笑。印象中的兩次例外，一是她被美國大兵搭訕時，他箭步上前護住妻子，以流利的英語嚴正告訴人家，這是我太太；二是她從醫院回來的路上，他一臉心疼，把她抱在自己腿上，捨不得三輪車顛簸了她。

外婆回憶尾聲，常以遺憾作結，因不擅書寫，沒能把故事細說從頭；我倒真心認為，現在開始也不遲，哪怕九十八歲，她譬喻精準，言詞沒有絲毫含糊，更是我見過最擅長側寫一名姑娘如何貌美的人，幾乎險勝作家金庸（畢竟女主角只有一位）。

究竟有沒有那麼美？我看過老照片，唉，講實在話，不僅有，連身材都相當曼妙——打開衣櫥裡的木箱子，裡頭是一件又一件的旗袍，其中有一件我大學時借過，穿來「breathtaking」；那是外婆生下四個孩子後的訂製旗袍，而我還吸不著一絲絲空氣。

你好，平行時空

立冬的翌日，受邀至企業演講，一進辦公大樓，便看見等在大廳的工作人員。她們不像其他單位對我投以熱絡的商用微笑，禮貌招呼一聲，目光就移至我的後方，那與我同來之人身上，真摯地喊：「沈姊，好久不見。」

我與身後的母親同時在口罩下露出笑容。我笑母親眉眼間一股青春洋溢，瞬間回到退休前的模樣，也笑自己這時候又變回「孩子」。三十多歲的大人了，去過許多場合分享海洋的故事，從刻意裝扮自己、擺出專業又不失人味的面孔，到逐漸能以平常心面對，卻未曾有過一刻像此刻，面對的是看著自己長大的阿姨叔叔、姊姊哥哥，必須把「霸氣」收起，站在母親身後，站在女兒與講師兩個身分之間。然而，我很坦然，沒有半點不自在。

數月前，日期剛敲定，母親就向我確認，若她一同前往，我是否會感到彆扭？想了想，可能有一點，但不是不能消化，何況她與同事好久不見，我更期待看見母親脫離母親，回到那段我僅耳聞的時光。母親像是沒了藉口，喃喃中頗有推託之意：「公司搬到內湖後我沒有去過，裡面的人我不認識了。」後來，是牽起這條線的吳阿姨，母親的摯友，再三鼓勵，她終於有點鬆動。隨著日期接近，母親低聲吐露：「我有點近鄉情怯，可是總不能吳阿姨去了，妳媽沒去。」

沒有不可以，但我盼望她這麼決定，笑著點頭。

於是，我們便在這兒了。當人們一一就坐，我試圖在空調房裡呼喚水流，如一尾雀鯛，搧動棲居的珊瑚，煽動眾人。我的眼睛來來回回游動，捕捉那些允許我往下探入的表情，也一再地於路過母親的臉龐時被絆住，抽離，再附身，假裝沒有停頓，擺動尾鰭，直至結束。老實說，我不討厭反覆回魂的感覺，只有不戴著面具的人，才有辦法這樣敞開。

會後，許多大哥大姊迎上來，母親不但記得他們每一個，還問候了其中一位同事家中的愛犬，輕易地倒帶十五年前。我又再一次偷笑，想她出發前叨叨絮絮：「裡面的人我都不認識了，他們也不認識我。」「他們聽完了還要回去工作，妳別把時間拉得太長。」似乎怕我對她的場子有過多期待，又像是說給自己聽。

因著母親，大哥大姊對我親近，有一位提醒，大廳的牆面飾以公司沿革，上頭有我外公的名字，等會下樓不妨拍張照留念。另一位補充，外公是在公司只有兩個人、一張桌子的時候就進來的，那可真是開國元老。第三位接力，描述外公的威嚴內斂，他們除了喊他「沈公」，連要靠近他身後的檔案櫃都感到惶恐。

外公服務的公司叫作中華顧問工程司，他退休數年後，母親也進了這間公司；在她退休前夕，中華顧問改作台灣世曦。我能想見當年的母親，但對在我國二時就去世的外公，隨著歲月堆積，日常已漸漸模糊，實難在腦海裡繪出「沈公」的英姿，倒是憶起自己服務的領域，也有「痙公」、「作老」等大前輩。我一面感受著這稱呼的老派雅致，一面意識到「啊，原來痙公、作老是有家人的，而我的家人則是沈公」——這個再自然不過，但就是太自然，以至於細思其中，便覺趣意無數。

十多年前畢業時，曾有好心人建議我也進同個公司，偏偏那時我對自己毫無信心，抗拒任何形式的「延續血脈」：外公極具聲望，母親認真非凡，姊姊暑期工讀深受眾人喜愛，幾番被探問出社會後的規畫……還是別讓我去丟臉了吧，好名聲來自見好就收。

現下，我擺弄頸上印著「台灣世曦」四個字的證件繩，摸摸頗有分量的貴賓證，若不去看證上文字，便貌似其中一名員工。沒想過命運以這樣的方式將我劃入，遂趁著母親與人閒聊時，展開漫想：假使當年選擇了另一條路，我會不會羨慕平行時空的自己？又合該錯過什麼已擁有的快樂？

大學體育課就選修了潛水，這個嗜好應該不受職業影響，不過能預想更不為花費發愁，每一樣裝備大概已汰換幾輪，還皆有備用。書寫也是自小的習慣，下筆面向或有不同，喜歡寫的心情則不太會改變……思來想去，最大的不同，應是近年逐漸掌握的安定感吧。

在澳洲打工旅遊的時候，我接到了繽紛版前任主編即將離開的通知，於是回台灣接手該版。那時心性封閉，比起冷靜著眼自己的價值，更多時候是直接肯定自己不行，尤其不可能成為前任主編那般優秀、盡心又溫暖的人。最終如何做出決定？我無法給一個漂亮的答案，什麼因素都參雜了一些，有前輩、家人、伴侶的鼓勵，也有可以被美化為「喜愛」、被簡化為「貪婪」的心念。走著走著，迎來了在編輯台的第八年，已經不會想成為誰，不會羨慕平行時空的自己，更不希望那個自己跑來羨慕此時的我。

陸地和海洋是同一條路，回想氣瓶也是這樣吸著吸著便十年過去，有各種小小的期待，卻不會追隨世俗設定，以他人的目標強制自己抵達哪裡——無論是去哪個地點，東加王國或加拉巴哥群島，還是成為什麼角色，潛水長或參謀教練。因傾慕胸懷方向的人，我總不敢輕言追隨。浮游，是我能夠前進的姿態，而一路再怎麼拖沓，此刻回首，似也抵達屬於自己的一方。

我的澳洲奶粉喪屍歲月

「……本來在澳洲，人家找她，寫了好多封信要她回來。」年假半夢半醒間，隱約聽見外頭大人們在談話。聲音是外婆沒錯，不過說的是哪家親戚？「聯合報指名要她啊！」終於聽齊關鍵字，原來說的是我。外婆心中的我。

在聯合報副刊服務邁入第八年，過去一直把握長假出國，不曉得自己「聲名遠播」。這加油添醋的精采故事，我猜親戚年年都被迫複習一遍，所以平日相見對我總有神奇讚許。也多虧這些鋪陳，起得晚大家都很體諒，報業嘛，肯定是為了工作，絕無可能是追劇至深夜。

嗯，是不追，因為我更喜歡把老老舊舊畫質差的《六人行》拿出來溫習。為什麼要看了又看？不知道，大概是太常感受世間瞬息萬變，就會想沉浸一下一成不變。以前看，看的是自己長大的樣子；現在看，看的是自己過去的影子，鑑往知來。

因此，那天榮幸與作老、項執董、義芝老師、瑜雯姊、盛弘哥和幾位同事聚餐時，有人舉杯謝謝誰誰誰當年挽留他，誰誰誰又是誰誰誰面試的，能進來要敬誰誰誰一杯，我忽地憶起第六季第十五集——主角們想像自己若在人生轉捩點做出不同選擇，未來將變得如何——跟著思索起自己的關鍵時刻。

○

二〇一四年三月我抵達澳洲，下機沒多久，還來不及到銀行開戶，便由長輩牽線獲得一個好機會，至偏鄉的奶粉廠工作，包吃包住集二簽。工廠屬於一位有澳洲公民身分的中國人，平時很少出現，出現時心情多半不好，只有見到台灣背包客會換上笑吟吟的臉。

雖是奶粉廠，此處牛無一頭，奶粉都是從紐西蘭運來的，裝罐後賣到中國。我曾困惑這樣運費是否划算，並暗自擔憂碳足跡過高，可是之後的遭遇告訴我，顧不上人的地方，是沒有空間講究環境生態的。

老闆承諾澳洲政府會開出職缺，是故員工組成多元，有尋工的在地人，有等老闆核發簽證好換得澳洲公民身分的中國人。總之，都是混一口飯吃的，多求於人者則混兩口。日子不壞，儘管午晚餐和中國人一起吃桌菜，與吃三明治的澳洲同事存在隔閡，但打工旅行簽證像某種通行證，說明我不求職位、沒有企圖，時間到了自然會走，形成一種好聚好散的氣氛。

工作內容很簡單，運輸帶送來裝罐封蓋的奶粉，我一手抓一個進箱，集滿六個送封箱。機械化作業與廠房嘈雜的咖答咖答很適合發呆，我一度要悟道飛升，偏偏被那些三天二頭出狀況的設備阻撓。機械專長的同事先上，不行就換工程師來重新編碼，有時一編就好，有時就這麼耗掉一個下午。後來增加貼標機，要修理的東西更多了。澳洲東部及南部部分州，夏季行日光節約時間，我早出晚歸，感覺上下班光影變化不大，和團隊的工作進度一樣。

待了幾周，我能簡單地維修進罐機、封蓋機、封箱機、膠帶機、貼標機……其實還滿有成就感的。喔，據說他們之所以想雇一個台灣女生，是期待我進廚房做菜，沒想到我花一個上午只削了一袋馬鈴薯皮，那些上海北京來的男孩使使眼色，求東北大媽放過我也放過大家，人盡其才很重要。

安安穩穩工作存錢一段日子，某天老闆忽然出現，凶神惡煞盯著大家刷洗機台。同事間流傳耳語，澳洲政府盯上公司了，如不改善環境將勒令停工。為此，我被派進須穿戴網帽、口罩、無塵衣及鞋套的「紅區」，打掃一些男生大手不好整理的地方，也把地上的奶粉塊給刮除。沒多久，工廠正式停工。

那陣子，我當過活動寫手、飯店房務，也通過疏芬山淘金鎮的導覽員徵選，準備實習轉正職。機會看起來多，未來卻不明朗，澳洲實在太大，動身就是賭博，交通和房租壓得我喘不過氣。為避免胡思亂想，沒有工作的日子我一天至少散步三小時，消耗體力，晚上再省著喝一瓶五澳幣的酒（台幣一百五十元），並試著寫一點東西。那時住在一戶澳洲人家倉庫改建的房間裡，共用廚房衛浴，但白日要放輕聲音，減少攝水，莫使房東發現一點生命跡象——我的房租都是按周給的，沒有遲過，但她非常介意年輕人無事在家，寫稿也不行。

幾個月後，奶粉廠來電，老闆找到一位在中國有資深相關經驗的人當廠長，開工有望。

這次回去，半數澳洲人都離開了，他們工資高，勞動意識強，講究工作幾小時要有一個break，等身分的同事成為主事者心腹。接著再度接到電話，上面的要把一位台灣女孩換掉，希望我找人遞補。要找，也得先知道問題在哪，那女孩反應一向快，究竟觸犯什麼大忌？我婉轉向廠長請教，他笑而不答。當晚，照顧我的中國同事把我念一頓，說沒有人這麼傻逼——是這樣嗎？廠長前兩天不是追著我們聊星座嗎？

笑容比老闆還深入肌理的廠長和我們相處好長一段時間，日子很忐忑，卻也回味無窮。他苛刻，經常不給大家吃飽，而為了營造威嚴，一定遲遲地進場，要所有人等他。東北大媽看不下去，悄悄地讓先回來的人吃一頓，等廠長就定位大家再陪他吃一頓。

那時照顧我的中國同事剛從學校畢業不久，為簽證必須滿足各種要求，經常脫不了身，不曉得偷食計畫行之有日。某晚，他又給廠長罵得懷疑自我，發著愣，拿著勺，正要裝一大碗，見我從旁經過，居然毫不遲疑地把勺碗遞出——他人高馬大胃口好，怕盛完了我沒得吃。我露出神祕微笑眨眨眼：「我不太餓，你吃飽比較重要。」這位同事深情凝望我，東北大媽見狀在一旁笑：「嚇，你們現在講話一個比一個高。」

有共同敵人的時候，是大家感情最和睦的時候。廠長愈險惡，大家下班愈歡樂。有人釣魚當消夜加菜，有人吃著吃著冒出一句：「政府怎麼就沒抓到他，讓他溜來澳大利亞？」這才知道，廠長來自三鹿集團，二〇〇八年中國奶製品汙染事件與他不無關係。

有野心的人和有野心的人在一起。休息時間，我穿過空蕩蕩閒置的實驗室，進到辦公間，裡頭一張張藍圖充滿期許，唱著老闆如何夢想企業蓬勃發展，這裡那裡都來開一條生產線。可我怎麼看怎麼像《惡靈古堡》中受喪屍病毒感染的保護傘公司；如果拾獲一本日記，翻開說不定依序寫著：「今天長官允許我進入紅區協助配製奶粉。」「一包配方粉的重量似乎不對，這樣真的可以嗎？」「今日也停工，大家士氣低落。」「有員工離開了。」「奇怪，那個人不是離開了，怎麼在廢棄廠區看到他搖搖晃晃地走過？」

以上純屬想像，但隨著人力精簡，我深入核心，漸漸覺得最初能得到執照才是奇蹟：大包裝奶粉破了，那就撥掉外層繼續放進機器裡；東西過期，攪拌攪拌以後含量就不高了；設備上的粉，從白到黑，好似大家的良心。

喪屍終究沒有戲劇性地出現，可性情產生轉變的人不少。比如老闆弄丟笑吟吟的臉，受夠所有人日復一日的清潔，卻始終拂不去他的塵埃。也比如有一天，其他同事剛好各忙各的，我一個人在黃區提著桶子準備換水，廠長突然出現向我招手，嘰哩咕嚕講一堆話，然後伸出食指，滑過我的臉頰。我困惑地看著他，他笑瞇瞇地望著我。不記得誰先走開，我默默拜託同事，指派任務時請避免我與他單獨一室。

同事把我叫進紅區，一個進出麻煩、理論上安全的地方，但很不巧，我偏偏在換無塵衣的小間給他碰上，唯一沒有監視器的地方。

「妳要進去啊？」

「他們叫我進去幫忙。」

「那這件給妳穿。」他把自己剛脫下的無塵衣給我。

我以為眼前的是小氣廠長，想省一件無塵衣的錢，卻聽見他說：「哎呀，不該給妳穿的。」刻意停頓一下，「這樣，妳身上就會有我的味道。」原來是飢腸轆轆想吃肉的廠長。

差不多就是這個時期，收到繽紛版主編德俊哥的通知，他即將返鄉經營熊與貓咖啡書房，邀我回來接手版面。恭敬不如從命，我加入了副刊家族。隔年，前同事告訴我，樹倒猢猻散，奶粉廠被平等工作監察署查獲違法，深陷另一風暴。我沒有追問細節，但甜美的難堪的瞬間浮現眼前。

人在世上最大的敵人

為防範疫情擴散，幾個群組不約而同提醒勤洗手比搶口罩重要，還有人細心教導如何正確洗手；其中一個要訣，是每次的時間應等同「唱三次生日快樂歌」。

我跟著做了幾天，愈做愈彆扭，懷疑每回開嗓就會有個宇宙鏡頭對準我，同時間播放我的哼唱，幽微暗示主人翁每一天都是重生。

甩頭想改成計秒，卻想起另一件和洗手有關的事。澳洲打工度假那年，服務的奶粉廠因政府開罰，增加了入廠前先洗手的規定，並且為此慎重舉辦說明會。

特愛把握機會擺架子的廠長，眼神凌厲地掃過每位員工，問：「人在世上最大的敵人是誰？」目光最後落在我身上。

是自己。

我篤定地回答，並露出一抹帥氣的笑容。廠長看呆了，半晌才反應過來：「病菌！是病菌！」

數周後，公司在他帶領下擊敗敵人撐過衛生風暴。然而，由於苛刻員工、違反勞動法令，不久即鬧上新聞。

我常在認真洗手時想起這位廠長，想他會不會想起我？以先知的模樣。

離開編輯台後，我如何以鹽酸照顧身心

儘管報社有總機，編輯台仍會接到各種電話：有詢問作者聯繫方式的，因為大受感動（或深感憤怒），想親自聊一聊；有好奇內容提及的餐廳、老師、房地產資訊的，因為自己正有此需求，欲獲知更多細節；有期待商業建議的，因為讀者要進軍某國馬桶市場，發現某作者在那兒生活多年。不管是哪種，編輯們一律制式回覆：「基於個資法，我們無法提供對方的聯絡資料，但可以為您轉達，請將需求寫信至我們的公用信箱……」

此外，日常投稿和徵文比賽諮詢，亦是大宗。年輕人想弄清什麼是一式五份，年長者卡在3C操作，而不分年齡的無禮之徒，則是來讓人修忍辱的：

「副刊您好。」

「你們那個徵文怎麼回事？」電話那頭的聲音氣急敗壞，劈里啪啦將我數落一頓。待對方稍稍冷靜，我請負責的同事接聽，話筒又傳來咆哮：「快點好不好？這是長途電話欸，我可是從台中打過去的！」這位先生語氣極其自然，我差點就要相信報社搬到了矽谷，而我還忘不了汐止。

隔幾天又來一通，也是位連珠砲。

「我想要投你們的徵文比賽，可是那個主題我不可能只寫八百字，我不可能的！妳說，妳說要怎麼辦？」「我告訴妳，我還得過作文比賽呢！所有老師都說我文筆非常好，大家都好喜歡我的文章。」「不如我們各退一步，我不參加比賽了，我就投稿，我也不跟妳計較稿費比獎金少。」「妳懂嗎？我不跟妳計較。」「但是妳讀了沒有要刊出，一定要寄回來給我，我自己欣賞。妳懂嗎？你們不懂得欣賞，我自己欣賞，這是一種彼此的尊重。」

如此自問自答、穿插對編輯的質疑與嫌惡三、四遍後，她終於在掛掉前問了一個真正等待答覆的問題：「我要投稿笑話，你們收嗎？」

「我的工作已經在您的來電下變成笑話，不需要更多了，謝謝。」

當然我沒有這樣回答，客氣地依慣例請她閱讀報紙，了解各版版性，再選擇投稿哪一版。不過，這話卻刺激了她。

連珠砲小姐的聲音頓時變得尖銳（原來還可以更尖銳），滿腔怒火地忿道：「我手邊就有一份報紙，妳才是沒有報紙吧！」

「我沒有報紙？妳膽敢說我沒有報紙？」這下換我勃然大怒。「我沒有的東西很多，但身為訂戶與員工，我出入都有報紙護體好嗎！我就是一個報紙比鈔票還多很多的人！」

當然我沒有這樣回答，只是客氣地請她依報上指示投稿，編輯會在十四個工作天內審稿回覆。

泰山崩於前而色不變，這就是專業。然而，再堅韌的專業也無法阻止掛上電話後那聲音不斷於腦中迴盪：

妳才是沒有報紙吧……

妳才是沒有……

妳才是……

我決定下班後立刻去買鹽酸尋一場灑脫。

風風火火殺進超市裡，風風火火衝回家，九〇〇c.c.的無煙鹽酸拎進門往邊上一放，扔下包包，備好冬至的貓罐罐，一股腦鑽進後陽台，戴上手套，往水槽那頭暢快潑灑——前晚預備好的「泥塊」，一個個乖巧地躺在槽底，隨鹽酸的澆淋，滋滋滋地湧現白沫。

泥塊來頭不小，化學作用與鋼刷鑾力下漸漸露出花紋，分別是兩百萬年前頭嵙山層的海膽化石，和五百萬年前桂竹林層的螃蟹化石。前者掘於濕泥之中，後者從河床裡鑿出來，從發現到清理，全是體力活，最適合宣洩壓力。

編輯工作雖然辛苦，卻偶有奇妙際遇，比方說某次徵文的合辦窗口，居然是一位古生物學者，不但願意接受我的專欄邀請，為版上寫有趣的科普文章，還佛心地帶我去尋化石。在他的引領下，我學會一些皮毛，當研究人員說「露頭」，知道他們指的是由於河水沖刷或地震崩落而形成的「新鮮」岩石表面，尚未被植物生長，也未遭侵蝕與風化，能看出化石與周遭岩質的不同。而當他們聊起「結核」，我明白是指生物死去後，組織在周圍結成球狀般的岩石，例如手邊的螃蟹就屬結核化石，外型帶有3D立體感——台灣的化石只有幾百萬年，所以容易保留結核形式，倘若繼續擠壓，經千萬乃至上億年，便會是紙張般的平面形式。

面對不同環境需要準備不同的挖掘工具。在濕泥裡尋覓化石，要拿鏟子掘土，一個人掘，另一個人觀察掘出什麼，當挖到第一塊海膽化石，通常後面很快就會出現同時代的一整批，可以放輕動作準備迎接。若是在河床上找到了化石，那多半與周邊岩石合而為一，要拿錐子和槌子從距離一寸的地方慢慢、斜斜地向外敲打，避免朝內的震動造成損毀。

挖化石的感覺很奇妙，由於地點是人煙罕至處，撥開雜草的動作就像在破除迷障，抵達則彷彿闖入靈境，加上透早出發，一挖好幾個小時，太陽暈曬後回到城市裡，渾身迷迷濛濛，很符合歸返於百萬年前的穿越想像。至於夜裡洗化石，純粹是白日太忙碌。不過，這個動作也好似有心瞞著太陽，不想讓它發現我偷偷摸摸的勾當，連夜就著小燈，躲在窄仄的後陽台，一面餵蚊子，一面刷洗……上次做這些帶有實驗性質的事，應該是國中吧？但那時我不曾津津有味地欣賞過一場化學變化，更不曾享受過一塊石頭在掌上褪去幻象，顯現真實模樣。

混在海膽與螃蟹中，有一枚蛤結核最得我心，形狀完整，小巧白皙，中心裏著歲月的硬石，殼壁上有個圓潤細緻的小洞。學者朋友告訴我，那或許是獵食孔，一名掠食者留下的用餐痕跡，以古生物學的角度來看，它記錄更新世即有此種獵食行為。

我讚歎地發出聲音來，一個孔洞用幾百萬年的時間不屈不撓地說一個故事，如此簡單，又如此難得，令人想起那些在編輯台邂逅的傾心作品，從三百字到三千字，沒有一本書、一套書那樣的宏大，可娓娓訴說，精緻細膩，一樣動人。

我想將這枚蛤清理妥當，擺放桌面。

更加用心刷洗，眼見泥灰一點一點落下，中心的硬石卻似乎逐漸鬆動起來……等等，不太對勁！我停下手邊作業，但已來不及阻止，頃刻間這枚蛤向我敞開，一分為三，說碎就碎，只因那些我不想要的，是它完形的關鍵。

拾起碎片，驀地也拾起了那一通通午後電話，心底浮出小小的嘲弄聲：編輯工作就是這樣，妳會遇見一枚貝，而為了那枚貝，妳總要與泥沙一起攪和。

看一隻貓長大

如何在工作、生活與嗜好間調整心態、分配時間，是我一直努力的。有時候覺得好像掌握到節奏了，能永恆地進展下去；有時候卻在一個回神，猛然發現自己早已丟失了平穩的心。幸好，這樣的過程中，我的貓家人冬至始終陪伴身邊。無論日子好壞，我喜歡望著她，喜歡感受她就在我的生命裡。

潭美颱風來的那天，她一整日都待在母親房裡。她坐在書桌上，望著窗外，二樓的高度恰好可以清楚看見前方小公園枝葉茂密的樹。冬至坐得很挺，背影看起來若有所思，等我靠得很近，她才驚覺過來，回頭望著我。

「妳在看什麼呀？」我問。

「喵——」她拉長音回答我。

到底回答了什麼，我不知道，但很享受這段對話，並依然好奇她眼中的景色。

清晨醒來，常看見她坐在書桌上，望著小片的窗戶，神情專注，彷彿停滿汽機車的後巷就跟森林一樣，可能隱藏著精靈。我癡癡地從側面看著她微微鼓起的透明的眼，想要捕捉使她瞳孔改變的事物。有時能從窗外的鳥鳴猜出一二，有時則無跡可尋，我懷疑那對眼睛看到的景色和我並不一樣。

潭美帶來豪雨，世界被刷白了一點，但冬至仍坐在書桌上，隔著窗戶，望向樹群，望向隔兩條馬路的停車場入口。她凝視的樣子近乎虔誠。

我想冬至半年前就是這樣於街頭上討生活的，樹叢、汽車底下，偶爾還有停車場。初次相遇時，她正慘兮兮地蹲臥在慢車道上，毛髮相黏，半瞇著眼，嘈雜中聽不見喵嗚哀鳴，只剩下腹部的顫抖。然而，所有車子卻都能狠心繞開她，好像她不是四個月大、需要幫助的貓，而是行進中的障礙。還好，有個女孩站在她身邊，無助但堅持地守在那，使再疏忽的來車也無法一輾而過。

沒有任何道理，當時從事自由業、自顧不暇的我，竟本能地跳下機車了解狀況，然後一把抱起她，帶到動物醫院。直到摟進懷裡的那一刻，我才知道她正在哭，一邊哭還一邊打噴嚏，鼻子、眼睛都是分泌物，身上有濃濃的水溝味。回家的隔夜，下了一場大雨，我不敢想像若我們擦身而過，她得獨自面對怎樣的寒冬。

幾次往返動物醫院，再用好料調理一番，因獨特氣味而暱稱「溝」的冬至終於成為一隻健康的貓，現在大家只記得她跟節氣冬至要吃的湯圓一樣甜、一樣香。

我不知道冬至自己還記不記得這故事，但每逢下起大雨的夜晚，我的記憶便會隨雨聲湧現，想起她瘦小的身影蹲在大馬路上不知所措，想起她在我懷裡噴著鼻涕、流著血，還有那一股難忘的水溝味（有好一陣子，路邊的水溝都使我不自覺想起她，默默微笑）。

實在不能不讚歎，生命真的好神奇，不僅無價也好神奇，只要付出一點點的心血，她就可以活下去，可以吃飽、睡暖、有人愛，有人記著她，不再只是倒在路邊受難也沒有人知道的存在。

我不再對自己冒然帶走她而大驚小怪，正因為生命如此無價，伸出援手，本不需要任何道理。

逞英雄

空了好久的舊家，終於決定整頓起來了，我在打掃時發現一張紙條，是小時候的我寫的，上面說知道祕密的人不可外傳，否則會被處罰，文末有個不同字體的簽名，是爸爸的名字與紅色的拇指印，貨真價實的畫押。

我拍下紙條，傳WeChat問爸爸祕密是什麼，但我們都忘了。這下真的守住了。我們一起守了一個自己也不知道的祕密。我與爸爸又多了一樣微妙連結，血緣的，還有某些像瞞著其他家人似的——我們都比較重視當下、我們寫的字比較相像、我們和我們的字一樣，都活得太用力了。

手心手背都是肉，但五指張開個個不同長；我擅自以為，爸爸特別偏愛我。而且這推理有憑有據，最關鍵的就是幼時的橘子園事件。

那日我們分成兩隊，表哥跟姊姊一隊，我和爸爸一隊，媽媽作壁上觀，我們邊打橘子戰邊採收橘子；一回，姊姊躲在暗處，一顆飛橘襲向了爸爸，我看見了，來不及喊，身體衝過去擋——現在想想，哪裡輪到我擋？爸爸頂多肚皮中彈，我卻是一眼給打茫了。但，連顆橘子都這麼賣命，誰能不被這親情感動？

還是有的，我姊。我挨打完就被情勢給嚇哭了，戰事告停，她覺得這個妹妹真是不能再掃興了。

我並非總是小嘍囉一類的角色，偶爾爸爸也會甘願為我「做牛做馬」。國中時，各大補習班經常來電約試聽，次數頻繁得像是現在的詐騙電話。起初我規規矩矩地接，客客氣氣地拒絕，後來爸爸發想了一個「大戶人家」的遊戲，由他假扮僕役，說：「小姐去上小提琴課了。」為了逼真些，爸爸還會用起山東腔，偶爾自稱園丁（如今想來，園丁接電話也是滿奇怪的）。

爸爸的山東腔還會在他唱歌時跑出來。童年睡不著的夜裡，他抱著我在家裡走來走去，等大得抱不動了，就一起躺在床上，有時揉揉我過敏的鼻子，有時歌唱：「三國戰將勇，首推趙子龍，長坂坡，逞那英雄……」他從來沒有把這首歌唱完，總是這一段不斷重複，令我一度以為整個三國就講一個趙子龍。

我擅自猜想，爸爸是否對趙子龍特別認同？我試著讀《三國演義》了解爸爸，無奈沒法對照，他從沒給我機會讀他的生活。從我懂事以來，他大部分的時間都在中國大陸工作，我至今依然只知道跟金融有關，其他則毫無概念，發問每每被含糊帶過。不過，爸爸大概是「勇」的，畢竟當年他是毅然決然地放下了台灣的一切，去幾乎沒有人脈的香港發展，一路到了深圳，最後留在南寧。聽堂哥說，那裡的戰場沒有兩把刷子是待不住的。

然而，爸爸也是特愛逞英雄的。他絕口不提自己的事業或經濟狀況，我和姊姊得在他短暫停留的日子裡，找出蛛絲馬跡。選擇計程車代步與否，是最明顯的一點，我們依此判斷要擔心他多少，要不要幫媽媽傳話，問問生活費一類的事。印象最深和最受傷的一次，是大我六歲半的姊姊出社會工作後，某天全家出遊，在捷運站遇到她的主管，且剛巧從洗手間出來，爸爸馬上熱絡得迎上去握手招呼；對方不好意思地婉拒，說手還濕著，爸爸則笑著回答「沾到這水也是福氣」等客套話。這在商場，尤其是爸爸的戰場，也許一點也沒什麼，但那時和現在的我，始終都覺得難熬，看見了從未看過的「爸爸的笑臉」。

那天我冷冷問他，為什麼要這個樣子？他回我，「我還沒有使出十分之一的功力呢。」

爸爸和我讀的《三國演義》截然不同。他逞他的英雄，我不懂，也不想懂。

多年後的現在，我依然對這樣的情境懵懵懂懂，能理解，但不太能原諒。可是，爸爸真的需要我的原諒嗎？

我想起在外縣市念大學時，我第一次很認真地哭著說他錯過了我的童年，我和他這一輩子就只有錯過。那年，他決定留在花蓮，陪我度過幾個月的大學生活。爸爸一早騎著腳踏車去鄉間買菜，晚上大展身手；爸爸平日去探路，周末我們一起去海邊看星星、山裡賞螢火蟲。爸爸告訴我，這些都讓他想起他的童年。

我不確定我是否也因此找回了我的童年，以及現在找回童年是否來得及。然而，說這些話的父親的表情，是我熟悉並想念的。

水晶鈴鐺

整理老家的時候，摸到一個紙盒，比口紅大一些。外頭的包裝掉了，打開上蓋一看，裡頭塞滿了灰黑泡棉。老家囤積物不少，但這樣仔細包裝的還沒有見過。我伸手去挖，泡棉瞬間粉末化，飛揚起來。我把紙盒遠離口鼻，忍著噁心觸感，倒著敲兩下，繼續挖。

是一個閃閃發亮的水晶鈴鐺。鈴鐺清透，切割得極薄，握柄亦雕刻得精細，即便沾著粉末，仍藉著昏黃燈光爍現七彩光芒。

上次見到這東西，絕對有十年以上，但有關它的回憶卻完全不需要想，像一本放在床頭櫃上的書，那麼輕易地就在腦海裡被風吹開，路過的人朗朗讀了起來。

鈴鐺是爸爸出差的那幾年從國外帶回來的，施華洛世奇出產的；那年頭，國外和施華洛世奇都還是了不起的名詞。我不曉得他為什麼買，可我不僅能清楚地幻視我們一家第一次使用這個東西的景象，還能清楚地幻聽當時的對話：爸爸拿著一台錄音機，讓我和姊姊接力說灰姑娘的故事；中間神仙教母出場的橋段，以及十二點鐘馬車變回南瓜的一刻，爸爸會搖搖那個水晶鈴鐺，為我們的故事澆灌魔法。

那捲錄音帶在某年的大掃除中出現又消失，但我和姊姊多年後想起這件事，皆認同我們在求學階段中能比一般孩子不怕上台，是從這些點滴裡累積起來的。爸爸的出現，爸爸的消失，每一刻都成為年幼的我們的一課。

不過，現在這個鈴鐺卻是壞的，鈴鐺與握柄一分為二。我並沒有這段記憶，或許是不想記得，又或是根本沒有參與到。可是，它在相隔十多年的時光裡，還能這般躺在我手中，是不是代表這個家的某個人曾和我一樣注視著它的七彩，哪怕一分為二，也仍決定嘆口氣後為它留著一個空間？

打掃的過程，揚起的不只有灰塵與蟎，還有記憶與困惑——這個東西怎麼來的？這個東西為什麼要留？以及，這個家為什麼變成這樣？過去曾經非常渴望藉由婚姻擺脫原生家庭的我，直到真正試著擔起整個家的重量，才明白人生沒有一刀兩斷，連丟棄都是一種建構。

後來，我還是丟了非常多東西，多到一輛卡車也載不完。裡面有很多好的、新的，可是我不能要、不想要；我也留下了一些東西，裡面不乏壞掉的、再也不能用的，可是我感覺必須留。至少在現在這個階段。

咬人貓

爸生在食指浩繁的家庭，為謀生做過許多工作，接觸了太多的人，久而久之常多一分心，面對植物也不例外。

幼時我們一家去爬山，山下有戶人家栽種咬人貓，插立牌子引逗遊人興趣。爸說我們來摸一摸，我便伸出了手，以指腹輕順葉面——「貓」很乖，未現狠態。

爸不以為然，用老江湖的口吻指點該先以指背做試探；這一探，他頓時陣陣劇痛難耐，直至下山都未見好轉。無法可施，只好去問那貓的主人，在眾人竊笑下抹了藥。

多年後才知道，咬人貓布滿焮毛，且下方有個囊狀物，內含化學物質，會在接觸時刺入體內，造成的紅熱腫痛可達數小時。

為什麼一樣觸摸卻有兩種結果？問起身邊的植物專家，有人認為純屬好運，有人認為手掌與腳掌的皮膚表皮層比其他皮處多了一個透明層，加上並未施力，或許因而阻止焮毛穿透。

我滿懷好奇，卻沒有勇氣為此執行一場實驗，尋找科學的答案。我一廂情願地想著，縱使防人之心不可無，有時候當先交出心的那方，卻可能獲得意外的幸運，使人逃過一劫。

家庭馬賽克

周國平在《只是眷戀這人間煙火》中的〈父親的死〉，寫道：「一個人無論多大年齡時沒有了父母，他都成了孤兒。他走入這個世界的門戶，他走出這個世界的屏障，都隨之塌陷了。父母在，他的來路是眉目清楚的，他的去路則被遮掩著。父母不在了，他的來路就變得模糊，他的去路反而敞開了。」讀到這本書是在一月，當下不能完全體會；未料，四月父親心臟梗塞過世，一下子明白了。

父親過世，有一種開闊，那種開闊真是自由，也自由得沒有一點依靠。好像我隨時可以飄起來，也隨時都會落地。自己落地不可怕，可怕的是那些我在乎的人也會落地。人生首次有了一個階段，是朋友回覆訊息、email、電話慢了，我便擔心這人是否遭逢不幸。作為編輯，那年我也很常發信給作者，作者有事耽擱幾天沒回，我就厚著臉皮請教他朋友，但急的並不是稿件，而是對方的安康。

面對朋友如此，對媽媽更是。我婉拒一些朋友的邀請，增長待在家的時間，並認真上網研究網美都怎麼拍照，一個要點一個要點記下來。過年時，我告訴媽媽：「媽，我今年的目標就是多陪陪妳。」「是喔？」「對，而且我覺得我們太少拍照了，我要幫妳拍照。我找了很多樣本，不要擔心！」媽媽的表情從遲疑化作不安，但仍順著我的意，來到住家附近景點，在街上拍了好幾張攝影師和模特兒都很尷尬的網美照。

三個月後，我以一個東部的評審工作為由，邀請她一起到台東走走。我私下與姊姊沙盤推演，怎樣的旅行方式才適合她：我和媽媽相差四十歲，最近一次的「城市旅行」，竟是奔波在各銀行之間，處理爸爸的帳戶；那時，我發現媽媽走路變慢了，平常短程不易察覺，長程則考驗耐力。最後，我們決定放棄台東多數景點，在一個飯店住兩天，上午於森林公園等處健行，下午休息，傍晚再至鬧區散步吃食。她這一兩年胃口差，我很想找機會多塞一點。

我猜，媽媽應該早就感覺到我的不安與焦躁，也許覺得溫暖，加上地點的慢活氣氛與遼闊視野，她很自然地與我分享童年往事。走逛至日式建築的寶町藝文中心，媽媽對著開放式的室內空間，循拉門軌道，比畫出一個方形，「以前這裡都是用紙門隔開。」我問：「哪一種？格子的，還是一大片的？」「外頭的用格子，裡面就是一大片的了。」接著，她忽然笑起來，指著放盆栽的櫃子，「這櫃子是給人家放棉被的，外面也有紙門。以前太婆——妳小姑婆的媽媽，會把大舅舅藏在裡面，因為怕小叔公挖他眼睛。」「挖他眼睛？為什麼要挖他眼睛？」聽起來很驚悚，可是媽媽笑得很開懷，「就怕小孩不懂事，好玩之下闖禍呀。」

我們在裡頭一邊穿來走去，一邊閒聊。「在這種房子長大感覺真好，好幾個空間跑來跑去。」「我們的房子和這個不同，只有走道是木頭，房間裡都是榻榻米。那時候阿枝婆婆跟我們住，很多人喜歡來我們家吃飯。」「阿枝婆婆？」「雇來家裡幫忙的。」

寶町藝文中心雖然是當地老建築活化的好例子，但活化後屬藝文空間，沒有居住氣息，歷史感裡少一點溫潤，我便依靠媽媽的一字一句，拼貼那年代的生活景象，成為一幅馬賽克。

媽媽斷斷續續地說，話題隨記憶跳躍，上下文不一定關聯，我像搭上她的船，在她的時間之河裡放流。

「我們家外頭是竹籬笆，後來才換成空心磚。颱風來的時候，一家家的竹籬笆都倒了，外頭也淹大水，我們好興奮，把妳阿姨放進塑膠澡盆裡，帶去街上遊玩。」

「遊玩？」

「嗯，應該說是『勘查災情』？小孩子不懂事，不曉得那是傷心的事，只覺得四處是水，好好玩。」

離開前，我們在玄關穿鞋，她猛地停下腳步，望著天花板：「以前都會說，不能得罪做梁的師傅，不然他在裡面放東西，這戶人家就慘了。」

我苦笑，腦海閃過片段家庭場景，忍不住反問：「像我們家？像六樓？」我出生以前，雙親在四獸山邊買下公寓的五、六樓，也跟著浪潮為六樓頂加，並隨法規就地合法。然而，好房客不易尋，屋子為此空了幾年，去年千挑萬選，居然還是選到一位會拖欠房租、堆積垃圾、身心狀況極不穩定的房客。

不過，在此之前，這六樓還有一個事件……

「六樓？」媽媽反問，低頭穿鞋，我看不見她的表情。

「爸爸說，六樓建的時候，師傅一直收工錢，但都沒有一點進度。爸爸跟人家吵架，之後五樓就被闖空門，妳也因驚嚇失去一個孩子。」

「我不知道這個……」

「爸爸覺得是那人做的。他說的時候，看起來很自責。」媽微微錯愕地抬頭，我不知道怎麼回應，嘴巴卻停不下來：「不過，妳也知道，我們家爸爸不是會說對不起的人，只是他講述時看起來很自責，又一直記著這件事，我想那就是他的道歉了。」

「他從來沒有跟我說過。」幾分倒抽一口氣，幾分淡然。然後，她又展露微笑，繼續講從前的事。這一次，是她工作時期的故事。

但我還在想著剛剛的對話。六樓的事不是祕密，爸爸卻沒有對媽媽說過自己的推論。它看起來微不足道，卻又好像能完整一個畫面、稍稍補足一段感情。命運何其多事——或許也多情，選在這天由一個當時還沒出生的小孩去拼貼。

我的來路，模糊以後，又清晰起來。

俞教練拍下攝影中的我與美麗扇柳珊瑚（*Melithaea formosa*）。

1

01. 雞冠多角海蛞蝓（*Nembrotha cristata*），疑似正在吃海鞘。最喜歡拍這種有點日常又不那麼日常的一刻。

02. 八瓣隔膜水母（*Leuckartiara octona*），看起來像是我的腦終於在潛水過程中跑出來了。

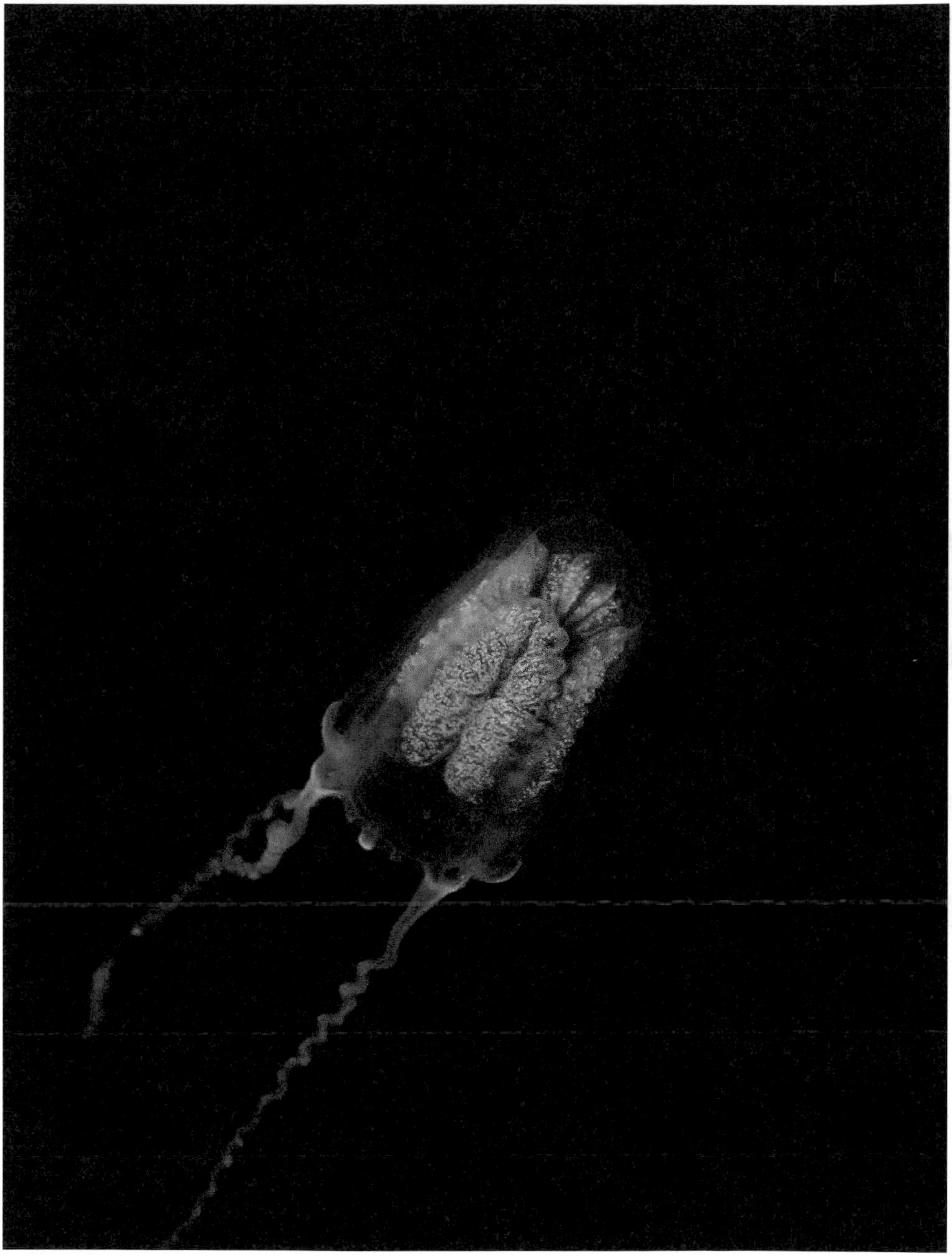

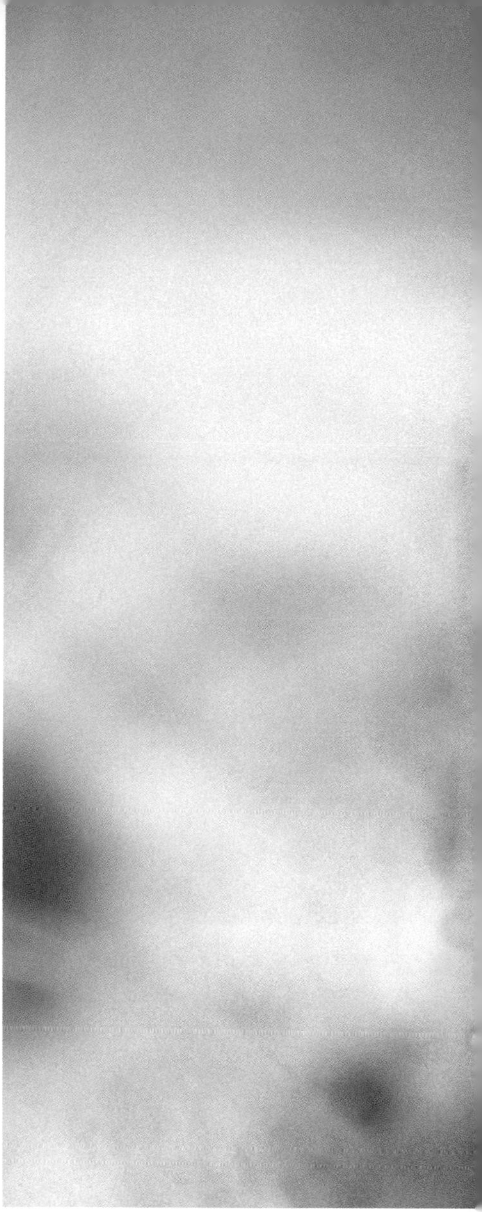

葉鰓海蛞蝓的一種（*Ercolania sp.*），鷹眼的W帶著我在綠島潮間帶找到他。

1

01. 鑲嵌瘤背海蛞蝓（*Halgerda tessellata*），幸運地撞見他不同於平時趴伏在地的姿態。

02. 蟬型齒指蝦蛄（*Odontodactylus scyllarus*），每次相遇總是這般打量我。

2

1

01. 天藍葉海蛞蝓（*Phyllidia coelestis*），如何在一定時間內把相遇的每位海蛞蝓拍清楚、拍美，是樂此不疲的挑戰。

02. 紅斑新瓷蟹（*Neopetrolisthes maculatus*），這位意外地沒有躲藏於海葵中，使我拍下至今最清楚的瓷蟹照片；有趣的是，儘管他看起來像螃蟹，卻其實屬於「異尾類」。

2

1

2

01. 異棘鯡鯉（*Upeneus heterospinus*），Tej帶我去玩篝火，把海下事物變得更魔幻，從此深愛夜潛（與恐懼同存）。

02. 黑星球突扁蟲（*Thysanozoon nigropapillosum*），向上翹起的觸葉，莫名的萌，心也為之騷動。

在綠島斜坡花園拍下網扇珊瑚(*Annella sp.*)，我一向緊張不已，這次卻分神思考了構圖，很得意自己的進步。

1

2

01. 直覺地拍下這個感覺不常見的景象，上岸才知道是異軟珊瑚（*Heteroxenia sp.*）的實囊幼蟲。他們在母體外表發育成長，待一切就緒，就會脫離母體，釋入水層漂離。我看見的是從原本卵圓型發育成為長條型，即將遠行的孩子。

02. 埃卡拉多彩海蛞蝓（*Chromodoris alcalai*）。從「水下生物辨識圖鑑團」中得知，他因與黛安娜多彩海蛞蝓（*Chromodoris dianae*）相近，過去曾被放在同一個學名下，經較進步的研究方法確認後，成為近年發表的新種多彩海蛞蝓。

1

01. 花紋細螯蟹(*Lybia tessellata*)，又被稱作拳擊蟹、啦啦隊蟹，十年前我在潛水雜誌上看過，親眼見到則是十年後的綠島。

02. 尾紋九刺鮨(*Cephalopholis urodeta*)，最近慢慢也能拍出「魚之相」，拍出我眼中的魚相，來賓請掌聲鼓勵。

2

01. 基隆船潛拍到的花斑躄魚（*Antennarius pictus*），那天有點緊張，真想倒帶回去再仔細看他兩眼。

02. 基隆船潛時拍到短頭跳岩鳚（*Petroscirtes breviceps*），那天的水好冷，但他的表情好可愛。

2

1

01. 景色如誤闖古文明，卻其實在墾丁出水口。儘管畫面有些模糊，意外的觀看角度仍令人著迷。

02. 更換相機後，終於有機會拍以前不容易拍好的迷你生物。綠島馬蹄橋的麥稈蟲（*Caprella sp.*），你好。

2

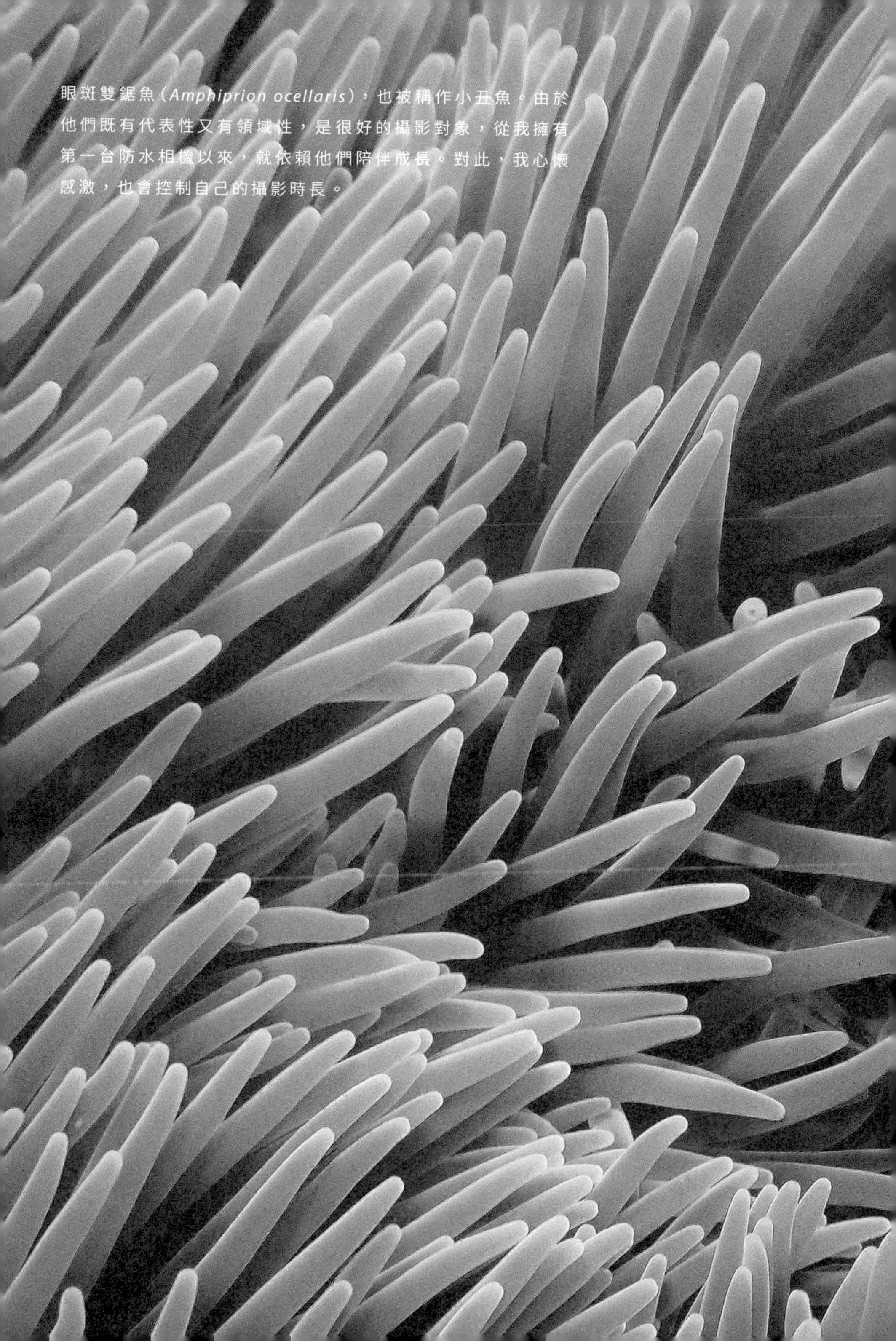

眼斑雙鋸魚（*Amphiprion ocellaris*），也被稱作小丑魚。由於他們既有代表性又有領域性，是很好的攝影對象，從我擁有第一台防水相機以來，就依賴他們陪伴成長。對此，我心懷感激，也會控制自己的攝影時長。

再潛一支氣瓶就好

看世界的方法212

文字·攝影——栗光
封面設計——腦海工作室
內頁設計——吳佳璘
責任編輯——魏于婷

董事長——林明燕
副董事長——林良珀
藝術總監——黃寶萍
執行顧問——謝恩仁

社長——許悔之
總編輯——林煜幃
副總編輯——施彥如
美術主編——吳佳璘
主編——魏于婷
行政助理——陳芃妤

策略顧問——黃惠美·郭旭原
郭思敏·郭孟君
顧問——張佳雯·施昇輝·林子敬
謝恩仁·林志隆
法律顧問——國際通商法律事務所
邵瓊慧律師

出版——有鹿文化事業有限公司｜台北市大安區信義路三段106號10樓之4
T. 02-2700-8388｜F. 02-2700-8178｜www.uniqueroute.com
M. service@uniqueroute.com

製版印刷——中茂分色製版印刷事業股份有限公司

總經銷——紅螞蟻圖書有限公司｜台北市內湖區舊宗路二段121巷19號
T. 02-2795-3656｜F. 02-2795-4100｜www.e-redant.com

ISBN——978-626-95726-7-0
EISBN——978-626-95726-9-4
初版——2022年6月

定價——400元

再潛一支氣瓶就好 / 栗光 文字．攝影 —初版．— 臺北市：有鹿文化，2022.6．面；14.8×21公分
（看世界的方法；212）ISBN 978-626-95726-7-0（平裝）1. 華文創作　863.55……………………… 111005171